ALICE

Curiouser and Curiouser

ALICE

百变爱丽丝

越奇越怪

[英] 凯特·贝利
[英] 西蒙·斯莱登 著
周佳 译

華中科技大學出版社
http://www.hustp.com
中国·武汉
有书至美
BOOK & BEAUTY

图书在版编目（CIP）数据

百变爱丽丝 越奇越怪/（英）凯特·贝利，（英）西蒙·斯莱登著；周佳译.—武汉：华中科技大学出版社，2022.2

ISBN 978-7-5680-7706-4

Ⅰ.①百… Ⅱ.①凯… ②西… ③周… Ⅲ.①童话－文学研究－英国－近代②群众文化－文化研究－英国－现代 Ⅳ.①I561.078②G249.561

中国版本图书馆CIP数据核字（2021）第239594号

百变爱丽丝 越奇越怪
Baibian Ailisi: Yue Qi Yue Guai

[英] 凯特·贝利 [英] 西蒙·斯莱登 著
周佳 译

出版发行：华中科技大学出版社（中国·武汉） 电话：（027）81321913
华中科技大学出版社有限责任公司艺术分公司 （010）67326910－6023
出 版 人：阮海洪

责任编辑：莽 昱 张丹妮
责任监印：赵 月 郑红红 封面设计：邱 宏

制 作：北京博逸文化传播有限公司
印 刷：广东省博罗县园洲勤达印务有限公司
开 本：635mm×965mm 1/12
印 张：18.667
字 数：50千字
版 次：2022年2月第1版第1次印刷
定 价：198.00元

本书若有印装质量问题，请向出版社营销中心调换
全国免费服务热线：400-6679-118 竭诚为您服务

前言

“越奇越怪，越奇越怪了！”爱丽丝嚷嚷着说（她惊讶得很，以至于此刻她已经完全忘了如何说正确的英语）……

——《爱丽丝漫游奇境记》

当游客们漫步在维多利亚与艾尔伯特博物馆（简称“V&A博物馆”）时，可能会听到爱丽丝话语的回响，又如在我们的展厅中发现的层层宝藏。这个结构像兔穴式迷宫一样的博物馆中，贯穿着亚洲到时尚、摄影到戏剧、雕塑到染色玻璃等主题，从“提普的老虎”到莎士比亚的《第一对开本》（*First Folio*），各色展区琳琅满目，因为当今诸多“爱丽丝”越来越好奇，在艺术、设计和表演中追逐着自己的“大白兔”。

刘易斯·卡罗尔（Lewis Carroll）的原稿《爱丽丝的地下奇遇》（*Alice's Adventures Under Ground*）是在1851年参观过第一届世界博览会之后的十年内，也是在南肯辛顿博物馆（就是现在的V&A）于1857年向公众开放的五年内创作完成的。爱丽丝系列图书的文学遗产性及普遍欢迎度，恰好与V&A博物馆的藏品产生深刻呼应，也反映了博物馆自己的历史和创建原则。引用我们第一任馆长亨利·科尔爵士（Sir Henry Cole）的话，V&A博物馆的游客应该“赞叹、学习并想象”。

科尔爵士坚信，博物馆应该“像一本书，一定总是摊开的，而不是合上的”。自系列图书出版以来，爱丽丝的故事已为一代又一代的读者带来愉悦和启发，并一直再版，鼓励着各学科中具有创造力的从业者重新考虑：“在当下，爱丽丝是谁？”

这次展览是在探索作品的起源、改编和重塑。《爱丽丝：越奇越怪》展览呈现了《爱丽丝的地下奇遇》从手稿演变为深受不同年龄段读者喜爱的全球现象级作品的过程，同时向许多“奇境”（*Wonderland*）和《爱丽丝镜中历险记》（*Through the Looking-Glass*）中的人物致敬。这是首次在博物馆对卡罗尔的作品采用如此广泛和跨学科的方式展出，即融文学、艺术、电影、戏剧、科学和大众文化为一体的方式。

从多萝西娅·坦宁（Dorothea Tanning）到沃尔特·迪士尼（Walt Disney），从约翰·坦尼尔（John Tenniel）到小西姆兹（Little Simz），艺术界的领军人物皆与爱丽丝有缘。凭借“童年身份和心理成长”“正义本质和时间意义”这些庞大的主题，“奇境”可以是想象力可触及的任何地方。爱丽丝的好奇心和无畏的独立性是我们都向往的特质。她是当代“爱丽丝”们的榜样，因为这些人都踏上了自己的奇幻旅程。

填充这个奇幻世界的物品正是V&A博物馆丰富的藏品以及由世界各地私人或其他兄弟博物馆、图书馆和画廊友情借出的展品。我们真挚地感谢他们。

杭立川

V&A博物馆 馆长

图1
汤姆·派珀，展览草图，2019，用于《爱丽丝：越奇越怪》展览，V&A博物馆，2020

引言

凯特·贝莉、西蒙·斯莱登

图2
刘易斯·卡罗尔（原名查尔斯·勒特维奇·道奇森），《爱丽丝的地下奇遇》的扉页，原稿，1862年至1864年，大英图书馆检索号：Add. MS46700

“能不能请你告诉我，打这儿走，我该走哪条路？”

“这在很多方面取决于你想到哪儿去。”那只猫说。

——《爱丽丝漫游奇境记》

刘易斯·卡罗尔的“爱丽丝漫游奇境”是一种文化现象。第一卷《爱丽丝漫游奇境记》正式出版于1866年，至今从未绝版，已被翻译成170多种语言版本出版。卡罗尔丰富的人物、文字和图像一直在激发世界各地的时尚、电影、视觉艺术、设计、摄影、戏剧和新技术的创造力，也早已成为我们共有想象的一部分。

我们第一次遇见爱丽丝，无论是在幼儿园的讲故事时间，还是迪士尼1951年出品的电影，多种多样的“奇境”使我们着迷了一个多世纪。每一代人都拥有自己独有的理解方式去探索卡罗尔的世界。2021年是《爱丽丝镜中历险记》出版的第150周年，我们以这一时间节点来回顾这位颇具代表性的人物形象，探讨她历久弥新的原因，并研究她所营造的文化世界。

爱丽丝以她无负担的、创造性好奇心和无所畏惧的探索，为无论是超现实主义艺术家萨尔瓦多·达利（Salvador Dalí），还是从事ALICE（A Large Ion Collider Experiment：大型离子对撞机实验）项目的欧洲核子研究中心科学家们提供了灵感。在生活中的某些时刻，我们曾也如爱丽丝一样，感到被疏远、孤立并充满困惑，但决心与意愿互动引领，直至自我觉醒。正如爱丽丝，我们问的每一个问题，学习的每一个教训，经历的每一次新体验，都使我们变得更加强大。

有如奇境本身，我们希望读者在接下来的内容里找到探索好奇心和创造性的机会。这本书从一个新的沉浸式奇境开始，通过数量可观的插图，重现《爱丽丝漫游奇境记》的冒险之旅。由著名插画家克里斯佳娜·S.威廉姆斯创作的作品包含对爱丽丝系列图书的致敬，并邀请读者仔细观察，以便进入历险的下一阶段。

“创作爱丽丝”“表现爱丽丝”“重塑爱丽丝”，接下来的这三个篇章，追溯19世纪至今，探索爱丽丝在艺术、设计和表演领域的全球影响力，探寻作品经久不衰的背后原因，探求奇境能够一直引人入胜的答案。

现实生活中，爱丽丝·李道尔（Alice Liddell）启发了卡罗尔的创作，但鲜为人知的是她自身是一位知识分子兼艺术家。在本书的最后一章，哈丽特·里德（Harriet Reed）对此有所研究。哈丽特从爱丽丝·李道尔年轻时的经历开始，至晚年在美国的名望，以及在21世纪李道尔个人论文的最终发表与传播，肯定李道尔在流行文化和娱乐中的身份与地位。

图3
达尔齐尔兄弟（Brothers Dalziel）的版画作品，根据约翰·坦尼尔的画作而创作，“爱丽丝在镜中”，创作于1870年至1871年，发表于《爱丽丝镜中历险记》第一版，1872年出版，V&A博物馆，馆藏号：E.2830–1901，E.2831–1901

毫无疑问，维多利亚时代信奉进步，崇拜科学理性。只要上帝在注视，万事万物就会向前发展，一切都会不停地运转。而奥斯卡·王尔德（Oscar Wilde）和卡罗尔等伟大的作家敦促读者进行反向观察。为什么一切都会向前发展？为什么不可以逆向思维？这是一个具有童真视角的问题。

——斯蒂芬·弗雷（Stephen Fry），演员、作家、主持人

“从头开始，”国王非常严肃地说，“再一口气念到结束为止，然后停下来。”

——《爱丽丝漫游奇境记》

安妮玛丽·比尔克劳（Annemarie Bilclough）在“创作爱丽丝”一章中，介绍了创作这个系列故事背后的人：维多利亚时代的博学家、数学家、先锋摄影师、插画家，作家刘易斯·卡罗尔（本名：查尔斯·勒特威奇·道奇森）。卡罗尔无论是作为一名学生，还是后来在牛津大学基督教堂学院（Christ Church, Oxford）担任讲师，一直被某种非常特定的知识氛围包围。他富有想象力的故事也正是这个时间和地点的产物。卡罗尔汲取维多利亚时代对自然历史、科学和勘探等学科研究的养分，不断从他所处的文化和政治的世界中获得启迪。

无论是在人物还是文本方面，卡罗尔广泛的兴趣爱好是《爱丽丝漫游奇境记》一书内容多样性的有力支撑，也为这本书注入了历久弥新、日月经天的品质。然而，他的主要灵感来自爱丽丝·李道尔，她是基督教堂学院院长的三个女儿之一。卡罗尔在乘船前往戈斯托（Godstow）旅游时，第一次向爱丽丝讲述了他创作的故事。在今天，卡罗尔与李道尔的亲密友谊可能会受到严格批判，但在维多利亚时代，男人与女孩子交朋友并无不妥。爱丽丝早熟、愿意冒险，特别有好奇心。在爱丽丝的坚持下，卡罗尔在故事的构思、撰写、配图全部完备之后，开始考虑正式专业出版的可能性。

无论是设计游戏、设计比例代表制（Proportional Representation）的选举制度，还是发起有关妇女教育的运动，卡罗尔似乎一直都在寻找问题及其解决办法。他对作品的制作出版充满热情，毫无保留地追求完美。为了作品首版以高品质问世，卡罗尔与该书出版商麦克米伦（Macmillan）的插画家约翰·坦尼尔直接取得沟通与合作，使故事内容不断延续，并成为世界上最成功的系列图书。

基于文本和图像的组合，成书引人入胜且富有灵感。它的魅力源于卡罗尔和坦尼尔相互之间的深入探讨与精心策划。两人在创造标志性人物、文本（文字和视觉）和表现方式等方面有着远见卓识，也自此不断促使更多的人将《爱丽丝漫游奇境记》和《爱丽丝镜中历险记》演绎至新的领域。

“你愿、不愿、你愿、不愿啊，来一起跳舞？”

——《爱丽丝漫游奇境记》

西蒙·斯莱登在他自己撰言的章节中探讨了在演出中的爱丽丝是如何被表现出来的。作为一个狂热的戏剧爱好者，卡罗尔一直希望爱丽丝有一天能被搬上舞台。1886年，这个梦想在剧作家亨利·萨维尔·克拉克（Henry Savile Clarke）的帮助下成为现实。从那时起，数百部甚至上千部戏剧作品，从舞台剧、音乐剧、芭蕾，再到歌剧，都为世界各地的观众带来了欢乐。后来，电影的发明为爱丽丝出现在银幕上提供了新的机会。

爱丽丝的故事充斥了古怪的人物、丰富的想象和不断变化的风景，这既是设计师的梦想，也是噩梦。从兔子洞里掉下来会是什么样子？使人体在瞬间变大或收缩，这可能吗？柴郡猫怎么会突然消失又凭空出现呢？这些视觉层面的挑战赋予卡罗尔的文字以新的生命，带来最有创意的舞台表现、最具创新的电影摄影、最尖端的制作技术。

其实这些解释也极大地影响了我们今天对书籍的理解。早期的制作将两个故事合二为一的做法已被接受也被实现，迪士尼设计穿着蓝色裙子、系着白色围裙的金发女孩形象辨识度很高，完全取代了坦尼尔的那些令人先入为主的原始插画作品，也同时取代了爱丽丝·李道尔的真实形象。卡罗尔的想象世界不断被重塑，还伴随着绵延不绝的解读。人们都听说过《爱丽丝漫游奇境记》中的“奇境”，而它已成为“老少皆宜”的必备品，广受大众欢迎。

戏剧和爱丽丝的能量也一直被从事社会政治工作的人们吸收并应用。无论是关于全球选举权还是全球变暖，“奇境”都有可能成为它所处的任何社会中的一种隐喻，这意味着爱丽丝已成为一个受欢迎的人物，并被运用到多种多样的主题中，诸如工会主义、强迫婚姻和言论自由等。每一代人中都有小丑般的“特维德两兄弟”、专制的“皇后”和“疯帽子”。讽刺家以及双关语的读者，特别热爱卡罗尔笔下的角色，因为这些角色游走于现实社会和文学创作的“奇境”之间。这些也重现于作品《爱丽丝历险海盗乐园》（*Alice in Plunderland*）、《爱丽丝雷区历险》（*Alice in Thunderland*）、《爱丽丝在鲁莽之地》（*Alice in Blunderland*）之中。

图4
瑞秋·麦克莱恩（Rachel Maclean），2012年《狮子与独角兽》中数字视频静止图像的细节。受爱丁堡版画家画廊（Edinburgh Printmakers）的委托，该作品参加苏格兰创意年，艺术家提供图片

当我们在《爱丽丝镜中历险记》中遇到狮子和独角兽时，这两种拟人生物正为争夺王冠而激烈打斗。他们身着英国皇家军服装扮，代表苏格兰的独角兽是一个花花公子形象，鞋上有华丽的褶皱和丝带，而扮演英格兰的狮子显得又老又疲惫，“说每句话都打着哈欠”。

刘易斯·卡罗尔构建了一个荒谬的场景，包括茶歇和无法切开的蛋糕。正是这种讽刺性的政治辩论方式启发了我创作电影《狮子与独角兽》（*The Lion and the Unicorn*），该片回应了2014年的苏格兰独立公民投票。

——瑞秋·麦克莱恩（Rachel Maclean），艺术家

“为啥？有时候，我在吃早饭之前就已经相信了六件看起来不可能的事情。”

——《爱丽丝镜中历险记》中的白王后

在由凯特·贝利撰写的章节中，她的笔触跨越20世纪和21世纪，审视了爱丽丝以及对“奇境”的转变和重新想象，探索卡罗尔原始文本中关于梦想、空间、平等和发现的伟大思想是如何鼓励艺术家开拓他们的想象力，并激励他们以无数不同的形式重新诠释原作。

特别是20世纪60年代，人们对爱丽丝和“奇境”的关注度呈现井喷式增长。不仅仅是艺术，随着时间的推移，“奇境”的不同思想也反映了人们在女性、社会以及更新的媒体与技术等方面观念的变化，而且在各种语境背景下展示了受爱丽丝带来的冲击和影响。已经被翻译成170多种语言的文本必然不断地被不同的读者解释、塑造和拥有。

这个章节贯穿了对爱丽丝的持久崇拜和迷恋以及艺术、时尚、科学和流行文化中的奇境人物。这章颂扬了爱丽丝的个性。这种个性激励着个人“独创”者与独立开拓者一直遵循刘易斯·卡罗尔创造的准则，运用他们想象的力量，改变各自的世界。卡罗尔的作品既有精英主义，又具有民粹主义的轰动感。21世纪，这些作品已深植于我们的集体意识中，已成为一种哲学，更是一本以新的方式和新的意义看待虚构和真实世界的《圣经》。

“我究竟是谁呢？啊，这可叫人大惑不解了！”

——《爱丽丝漫游奇境记》中的爱丽丝

在卡罗尔这部不朽的作品中，我们跟随爱丽丝的冒险来到奇境，并前往镜子里的另一边。这些小宇宙构建了新现实，帮助我们了解我们的世界，并激励着后辈展开变革。映照现实，构思新维度，改变我们的世界，这些无疑是非常强大的理念。但如果要解锁想象中的未来，我们依旧必须回归至文本。我们都是爱丽丝。但是明天的“奇境”会是什么呢？

图5
洛伊丝·奇明巴（Lois Chimimba）饰演阿莉，舞台剧《奇·境》，英国皇家剧院，伦敦，2015年

跟着我钻进兔子洞，经历爱丽丝的冒险。看看你是否能找到在每一个情节中隐藏的镜子，引领你从一个世界到下一个……

WONDERLAND

奇境

ILLUSTRATED BY KRISTJANA S. WILLIAMS

插图：克里斯佳娜·S. 威廉姆斯

掉进兔子洞

“我不知道自己是否要跌下去，一直穿过地球哇！这样一来，似乎要掉在那些头朝下行走着的人群当中了，这该多么地有趣呀！”

这间厅堂四面有许多扇门，不过都是锁着的……她垂头丧气地走到厅堂中央，不知道自己究竟如何再出去。

DOWN THE RABBIT-HOLE

THE POOL OF TEARS

泪水池

“我真希望自己没有哭得那么厉害呀！……我想，现在我要为此受到惩罚，淹死在自己的眼泪里了！”

THE FIRST SIX BOOKS OF EUCLID WITH COLOURED DIAGRAMS BY BYRNE
Psychical Studies
NOTES AND QUERIES

THE FIRST SIX BOOKS OF
EUCLID.
WITH
OLOURED DIAGRAMS
BY
BYRNE

Psychical
studies

Drink
Me

DEO·OPT·MAX·ET·D

竞选指导委员会的竞赛和一个长篇故事

A CAUCUS-RACE AND A LONG TALE

没有“一，二，三，跑！”的口令，而是它们谁喜欢跑就跑，谁喜欢离开就离开，所以竞赛什么时候结束，是不容易看出来的。不过，它们跑了大约半个小时，渡渡鸟突然喊道：“竞赛结束！”

THE RABBIT SENDS IN A LITTLE BILL

大白兔派来一位小璧儿

她继续生长、生长，她不久便不得不跪在了地板上。只过了一分钟，连这样跪着都跪不下去了，于是她躺了下来，用一只胳膊肘儿抵住门，另一只手臂抱着头，看看效果如何。

Wm MARPLES & SONS
Special
SHEFFIELD

SINGER

ADVICE FROM A CATERPILLAR

毛毛虫的忠告

毛毛虫问：“你是谁呀？”爱丽丝回答：“……至少我明白今天早晨起床的时候我是谁，然而就从那时候开始，我觉得自己一定已经被改变了好几次啦。”

PIG AND PEPPER

猪娃和胡椒

“我们大家全都疯了。我疯了，你也疯了。”

“你怎么知道我疯了呢？”爱丽丝问道。

“你一定是疯了，”那只猫说，“不然你就不会到这儿来。”

BISCUITS

A MAD TEA-PARTY

疯狂的午茶会

“为什么渡鸦像一张书桌呀?”

“如果你像我一样对时间很熟悉的话,”那位疯帽子说,“你就不会说什么把它浪费了。该说他才是。”

“我不知道你说的这是什么意思。”爱丽丝说。

“你当然不知道啦!”那位疯帽子说着轻蔑地把头一甩,“我敢说你甚至从来都不曾跟时间谈过话!”

王后的槌球场

THE QUEEN'S CROQUET-GROUND

“小姐，你看，事实是这地方本该种一棵红色的玫瑰树，但我们给弄错了，把一棵白玫瑰栽进去了。这样的话，你知道，要是王后发现这件事，我们全都要人头落地。”

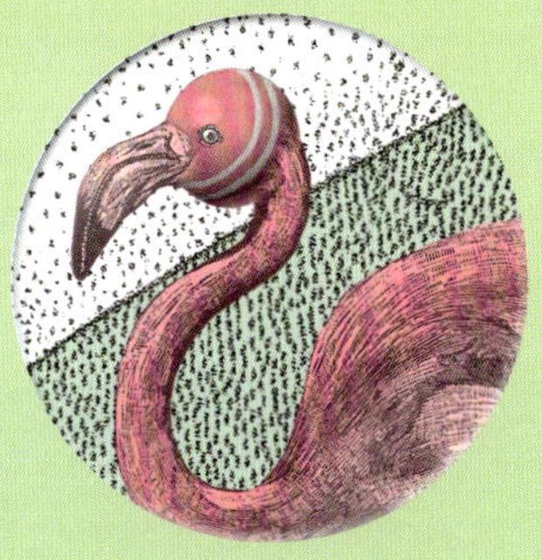

BORDEN'S

THE NEW
AND BEST SYSTEM
FOR DELIVERING
MILK.

“你愿、不愿、你愿、不愿啊，来一起跳舞？”

假海龟的故事

THE MOCK TURTLE'S STORY

THE LOBSTER QUADRILLE

龙虾四队方阵舞

“我们还是孩子的时候，”假海龟最终还是继续说了下去……“我们在大海里的学校上课。”

WHO STOLE THE TARTS?

“我猜想它们就是陪审员了。”她把“陪审员”这几个字在心里反复说了两三遍，觉得很自豪。因为她想——而且也想得都对——像她这个年龄的小姑娘很少有几个懂得“陪审员”究竟是什么意思。

谁偷了水果馅饼

“所有高于一英里的人都要离开法庭。”

每个人都望向爱丽丝。

“我可没有一英里高呀！”爱丽丝说。

“你有。”国王说。

……

“不管怎样，我就是不走！”

ALICE'S EVIDENCE

爱丽丝的证词

Fugues Sans Rimes
Poesie

Drink
Me

多么美妙的一场梦啊……

WHAT A WONDERFUL DREAM IT HAD BEEN.

CREATING ALICE

创作爱丽丝

安妮玛丽·比尔克劳（Annemarie Bilclough）

图6
查尔斯·勒特维奇·道奇森（即刘易斯·卡罗尔）的半身照，摄于1857年前后，牛津大学基督教堂学院，馆藏号：[A]-VII-0042-39r

我是怎么想的？你的建议比在最黑暗和最恶毒的情绪中所设想的最残酷的食人魔还要糟糕。我是怎么想的？为什么，一半的孩子要被纯粹的烦恼和精神上的痛苦所折磨……黑暗将笼罩所有的壁炉，阴霾将盘旋在最明亮的木板上……这本书必须在圣诞节前问世……

——亚历山大·麦克米伦（Alexander Macmillan）致刘易斯·卡罗尔的信，1871年11月6日[1]

刘易斯·卡罗尔提议将《爱丽丝镜中奇遇记》推迟几个月出版，但他的出版商对此并不满意。亚历山大·麦克米伦给卡罗尔的答复虽然夸张，但表现出了对第二本爱丽丝成书的期待。1871年，在《爱丽丝镜中奇遇记》还没有准备好的情况下，麦克米伦就已尽力来张罗预售事宜。他已经收到了7500册的预订单，他的目标是“尽快”再印6000册。[2]

在五年前，也就是1866年出版的《爱丽丝漫游奇遇记》并没有立即成为畅销书。销量不高，卡罗尔对此表示失望：“我原本希望这本书能有更高的销量……”“它有可能在复活节卖光吗？”[3] 然而，到了1866年12月，该书已经售出了5000多册，到1871年11月，销量已经接近2.8万册。[4]

对《爱丽丝漫游奇遇记》的评价大多是积极的。[5]几家报纸对该书的描述各不相同，有的说“非常好”，有的说“优雅”，有的说“美味的无厘头”，而《书商》杂志（*Bookseller*）则写道：“最近我们运气不佳，没能读到一个更有创意的童话故事……。”[6]《伦敦评论》（*The London Review*）称赞约翰·坦尼尔的插图“精致、完整、大气”，与当时流行的“丑陋的幻觉”相比，更胜一筹。一些评论家指出，插图和坦尼尔的名气是主要的吸引力，“本身……就是一个强有力的吸引点”。[7] 小说家查尔斯的弟弟亨利·金斯利（Henry Kingsley）在给卡罗尔的信中说：“我早上在床上收到了这本书，尽管受到了威胁和劝说，我还是躺在床上一字一句地读完了它。”而艺术家但丁·加布里埃尔·罗塞蒂（Dante Gabriel Rossetti）则认为其是“学校诗歌的反常片段……是我所读过的最有趣的东西。”[8]

对“爱丽丝”系列文学作品的看法是事后才逐渐明朗化的。到1867年，它已经是“我们遇到过的最好的儿童读物”。[9] 然而，一些人争论这些故事是否真的是为儿童写的。《国民报》（*The Nation*）认为“儿童对它不感兴趣或根本不感兴趣”，这引起了一位美国记者的愤慨：

> “我们的（图书副本）……是对你说法的有力反驳，因为它的封面几乎被磨掉了，而且它已经被借给了至少20个孩子……几乎每小时我都会听到孩子们讲到它。”[10]

到了《爱丽丝镜中历险记》问世的时候，评论家们都在思考作者“对形而上学问题的洞察力，比如说容易困扰在无稽之谈和哲学真理之间的地方”。[11]

爱丽丝的故事既惊又喜，无厘头的诗句和荒诞的对话对成年人和儿童都有吸引力。这些故事被逻辑学家和哲学家引用，激发了物理学家对镜像世界的思索，也激发了国际象棋棋手发明游戏变体的灵感。[12]

一个“聪明得不可思议”的人

他……很巧妙，用自己设计的一些精确的类比或方便的形式来取代名词和动词的一般曲折关系。虽然目前来看运行得还算十分顺畅，但这个错误的根源将在未来某个时刻耗尽本身。

——查尔斯·勒特维奇·道奇森的学校报告，1844年[13]

刘易斯·卡罗尔原名查尔斯·勒特维奇·道奇森（图6）。他是一名宗教人士，执着的组织者和逻辑学家，他还被描述成一个呆板、严肃、害羞和沉闷的数学讲师。另一方面，他是一个业余魔术师，并且还显然是一个有趣的说书人，他喜欢木偶戏、戏剧、艺术和文学，并喜欢收集音乐盒。他被大自然深深地打动，对科学和自然史也非常着迷，收集并发明了一些小玩意，在当时还刚刚起步的摄影艺术方面也很有成就。

出生于1832年的道奇森在查尔斯和弗朗西斯·简·勒特维奇的十一个孩子中排行老三，查尔斯是柴郡达达斯伯里的牧师。他的家庭生活，虽然宗教性质很鲜明，但也十分活泼欢快。在学校，刘易斯·卡罗尔擅长数学，但正如他的成绩单所显示的那样，他在文字方面也很有创造力。他为他的弟弟妹妹们编撰幽默杂志，显示出对文学体裁、插图和逻辑的兴趣。他的第一本杂志写于13岁，包含打油诗和嘲讽警告诗，其寓意既有现实性的（“保持你的智慧”），也有调侃性的（“永远不要炖你的妹妹”）（图7）。[14]后来的杂志载有关于艺术学、动物学和逻辑学的类学术文章，包括《教区长杂志》（*Rectory Magazine*）和《米施马施》（*Mischmasch*），它以“盎格鲁-撒克逊诗歌节”为特色，开头写道：“这很有趣，而且你很狡猾。”[15]道奇森还设计过游戏。例如，“方式与方法”，游戏要求参与者购买或租用代表家庭用具的卡片来完成任务，又比如“为猫沏茶”（图8）。[16]

道奇森追随父亲的脚步来到牛津大学基督教堂学院，并带薪实习，然后在1855年成为一名数学讲师。然而，他对文学感兴趣，并设计几个笔名，包括一个由他名字的拉丁文版本组成的笔名“卢多维奇·卡罗鲁斯”（Ludovic Carolus），他用这个笔名向包括《滑稽时报》（*Comic Times*）、《火车》（*The Train*）等杂志投稿。[17] 根据许多人的回忆，他还是一位杰出的故事家。伊迪丝·莱蒂娅·舒特（Edith Letitia Shute）回忆道：

> 他有时在说话时犹豫不决（这是真正的说书人的伎俩，不是吗？），他讲了这么多的故事，而且他讲的是多么好！[18]

有一天，道奇森在牛津大学基督教堂学院院长花园里练习当时热衷的摄影，他遇到了年轻的亨利·李道尔（Henry Liddell），他是新院长的儿子，也是爱丽丝的哥哥。随着对李道尔家的了解，道奇森最常见到的是女孩子们。与她们的兄弟不同，她们在家里接受以家庭教师为授课人的各种语言和音乐课程的教育。[19] 道奇森偶尔会在她们家度过下午，帮助她们整理相册，与她们玩棒球（他为她们制定了新的规则），或者教她们下棋。有时他还带她们去泰晤士河上划船。

图7
查尔斯·勒特维奇·道奇森（即刘易斯·卡罗尔），摘选自《有用且有教育意义的诗歌》（*Useful and instructive poetry*），1845年，特别收藏本，纽约大学，阿尔弗雷德·C. 贝罗尔（Alfred C. Berol）所收藏的刘易斯·卡罗尔作品，藏品号：MSS 057

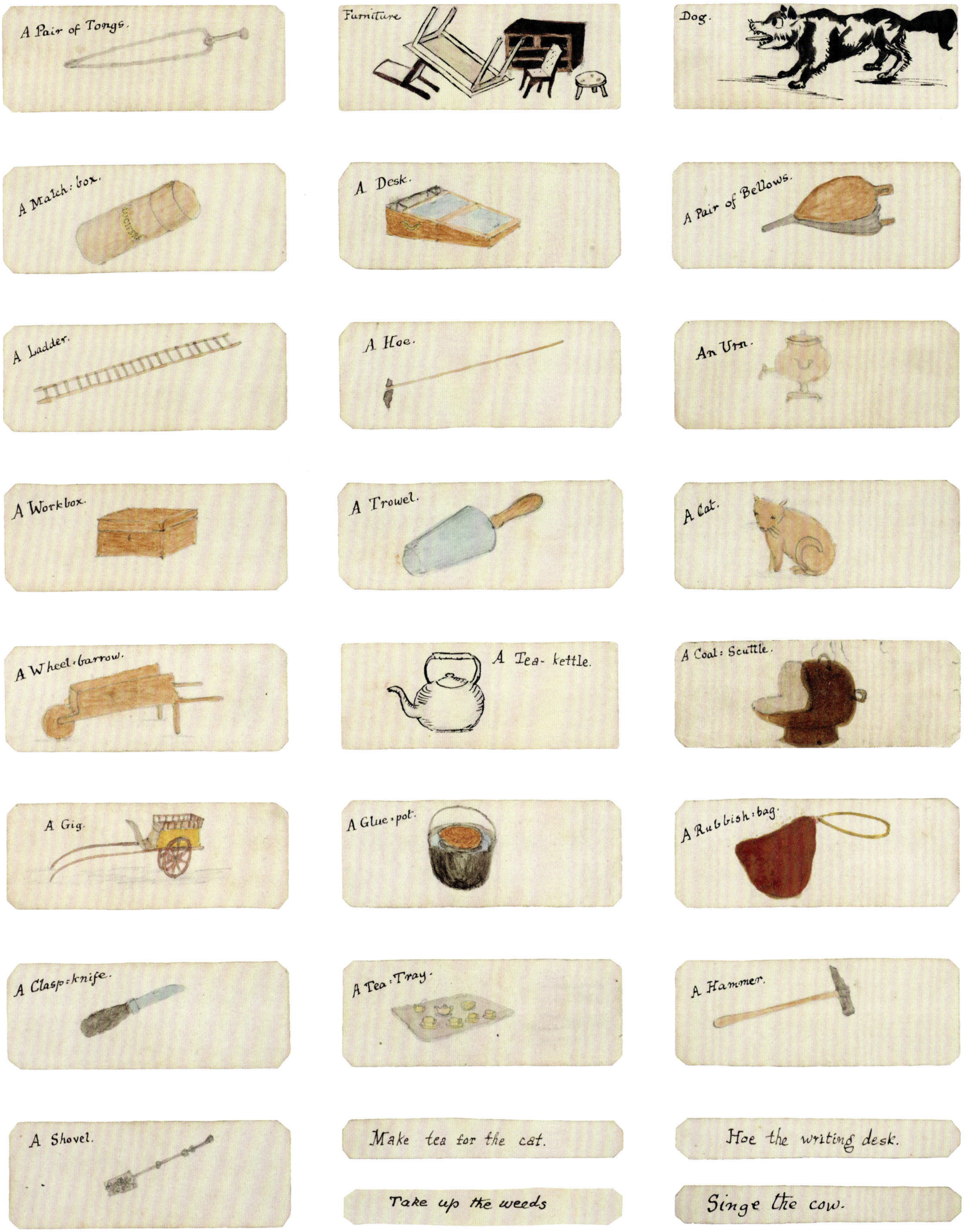

图8
查尔斯·勒特维奇·道奇森（即刘易斯·卡罗尔）日记中提到的"方式与方法"纸牌游戏的精选卡片，1855年8月30日，私人收藏

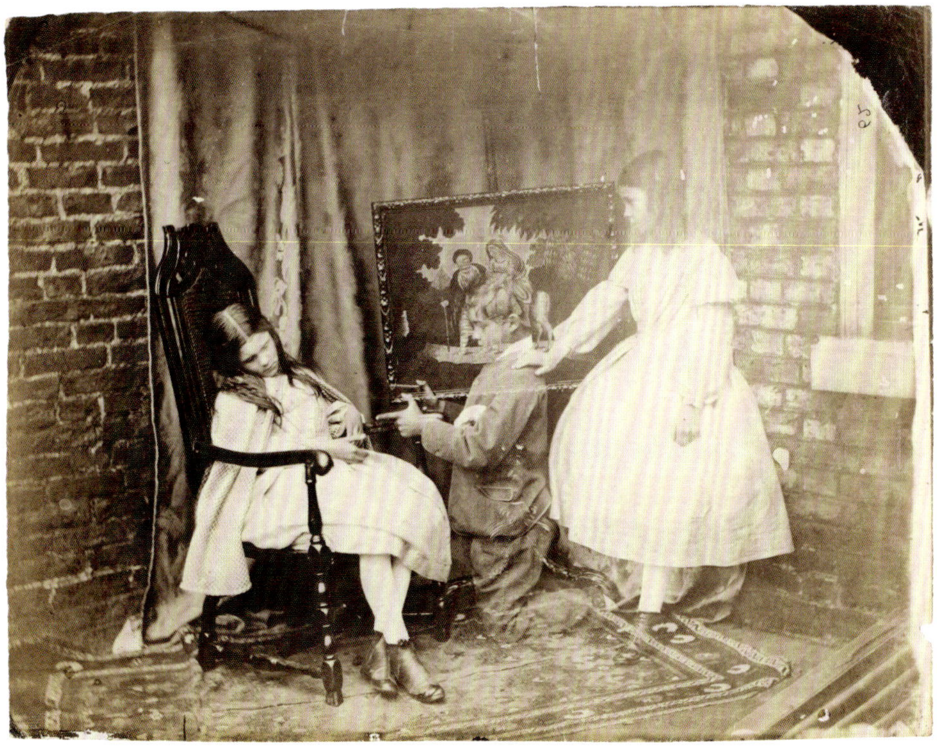

图9
查尔斯·勒特维奇·道奇森（即刘易斯·卡罗尔），《梦》（*The Dream*），湿胶玻璃底片的胶印版印刷品，1863年，V&A博物馆，馆藏号：RPS.2235－2017

图10
查尔斯·勒特维奇·道奇森（即刘易斯·卡罗尔），爱丽丝·李道尔，湿胶玻璃底片，1858年。国家肖像画廊，馆藏号：NPG P991（1）

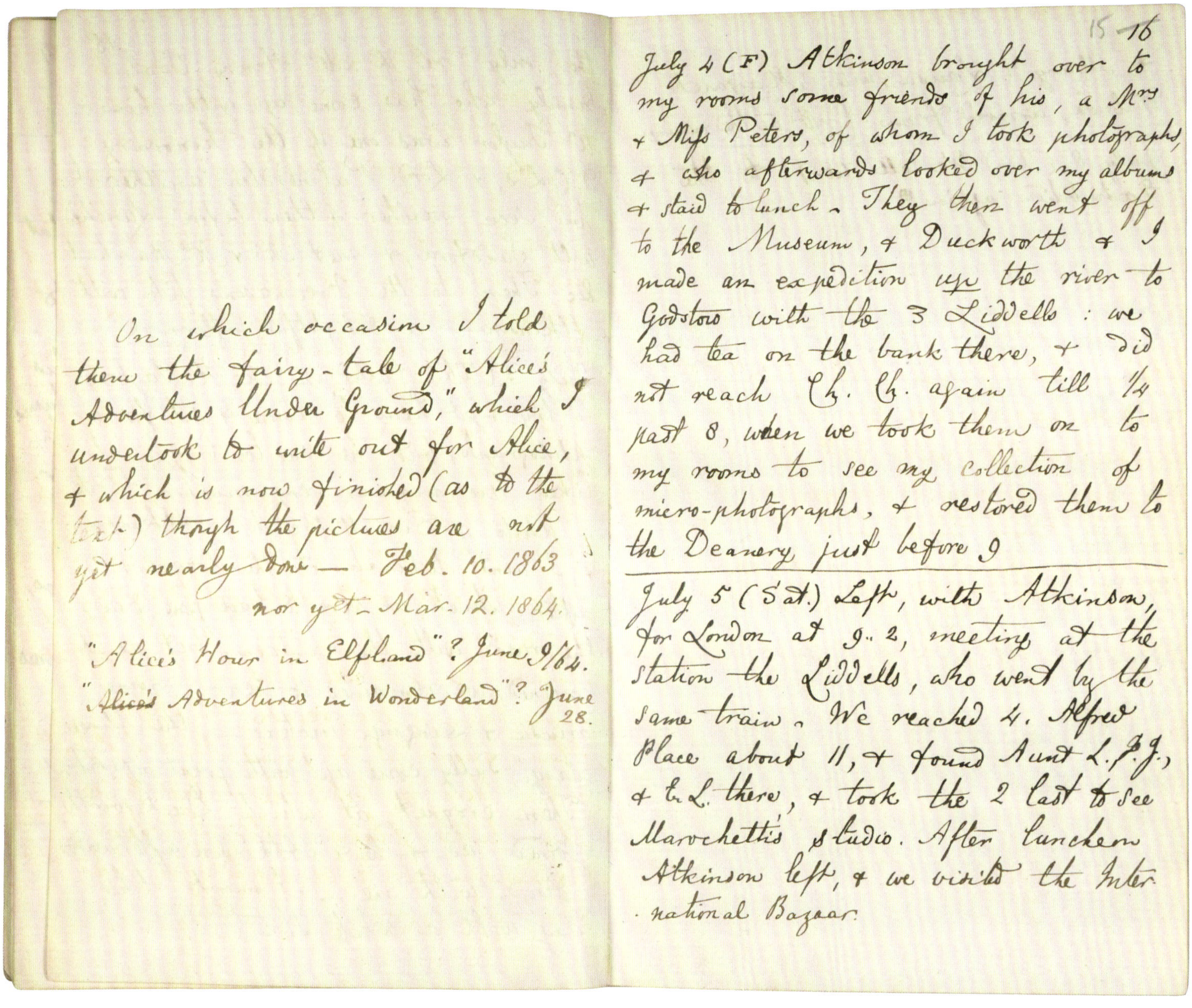

On which occasion I told them the fairy-tale of "Alice's Adventures Under Ground," which I undertook to write out for Alice, & which is now finished (as to the text) though the pictures are not yet nearly done — Feb. 10. 1863

nor yet. Mar. 12. 1864.

"Alice's Hour in Elfland"? June 9/64.

"Alice's Adventures in Wonderland"? June 28.

15 16

July 4 (F) Atkinson brought over to my rooms some friends of his, a Mrs & Miss Peters, of whom I took photographs, & who afterwards looked over my albums & staid to lunch. They then went off to the Museum, & Duckworth & I made an expedition up the river to Godstow with the 3 Liddells: we had tea on the bank there, & did not reach Ch. Ch. again till 1/4 past 8, when we took them on to my rooms to see my collection of micro-photographs, & restored them to the Deanery just before 9

July 5 (Sat.) Left, with Atkinson, for London at 9.2, meeting at the station the Liddells, who went by the same train. We reached 4. Alfred Place about 11, & found Aunt L. F. J., & E. L. there, & took the 2 last to see Marochetti's studio. After luncheon Atkinson left, & we visited the International Bazaar.

图11

查尔斯·勒特维奇·道奇森（即刘易斯·卡罗尔），日记，1862年7月4日至5日，1863年2月10日，1864年3月12日，1864年6月9日，1864年6月28日，大英图书馆，馆藏号MS54343

一位讲故事的大师

> 他的记忆力非常好，我相信他写下的故事几乎和他在船上讲的一模一样。
>
> ——斯图尔特·道奇森·科林伍德（刘易斯·卡罗尔的侄子、传记作家）[20]

1862年7月4日，道奇森的日记描述了他在朋友鲁宾逊·达克沃斯（Robinson Duckworth）和“李道尔三姐妹”（洛里纳、爱丽丝和伊迪丝）的陪同下沿河前往戈斯托的探险活动：“我们在那里的岸边喝茶，直到八点一刻才再次到达基督教堂，当时我把她们带到我的房间，看我收集的微型照片。”（图11）。八个月后，道奇森在7月4日的记录旁边加了一条注解：“当时我给他们讲了《爱丽丝的地下奇遇》这个童话故事，并承诺要为爱丽丝写出来”。[21]

包括《爱丽丝漫游奇境记》序言诗在内的轶事，它们给人的印象是这些故事（尽管是“很艰难地敲定成稿”）是在一个“金色的下午”完成的。[22] 道奇森的日记和爱丽丝·李道尔的回忆表明，真正的故事要复杂得多。“我相信故事的开头是在一个夏天的下午讲的……。也许另有一天，故事会在船上开始，道奇森先生在讲述一个惊心动魄的冒险故事时，会假装睡着了……。”[23] 在那次著名的乘船旅行一个月后，道奇森记录道：“哈考特和我把李道尔三姐妹带到了戈斯托……我不得不继续我那无休止的‘爱丽丝历险记’的童话故事。”[24]“无休止”这个词用在这里很有意思。

事实上，这个故事并不是按照记忆一字一句写下来的。道奇森花了8个月的时间编写手稿，直到1864年圣诞节他才把手稿交给爱丽丝，而他花了近两年的时间来构思插图（见图2）。

道奇森为“爱丽丝”手稿绘制的练习草图可以在牛津大学基督教堂学院找到。有一页预备画包括一些奇异的怪人以及对爱丽丝本人的研究，这表明他可能决定从故事中删除一些情节（图13）。道奇森最关注的是他对爱丽丝的塑造，她并不像现实中的爱丽丝·李道尔，而是成为一个理想化的拉斐尔前派女孩，有着长长的波浪形头发，看起来比设想中要大七岁。道奇森的弟弟威尔弗雷德（Wilfred）画了一些自然历史素描，可能还帮助绘制了《格里芬》和《假海龟》的插图，因为这些插图似乎是出自不同的人之手。

道奇森为他的读者量身定制的故事，成为叙述的一部分，鸭子（罗宾逊·达克沃斯）、多多（他自己，多多·道奇森）、罗莉（洛里纳，“我比你大，必须知道得最清楚”）和小鹰（伊迪丝）代表最初的划船小组。真实事件的特点是：红心王后的小组可能是根据1862年前往牛津的皇家小组改编的，而核心小组的比赛则描述了那伙人被雨淋到的情况：

> 多多在前面带路……让鸭子带着小组的其他成员，带着爱丽丝、罗莉和伊格利特以更快的速度前进，很快就把他们带到了一个小屋子里……[25]

道奇森还提到了女孩子们一定知道的学校课本。爱丽丝的女生法语课文“我的猫在哪儿（où est ma chatte）？”似乎来自一本名为《小事一桩》（*La Bagatelle*）（图12）的课本。艾萨克·沃茨（Isaac Watts）的神曲，包括《反对懒惰和恶作剧》（*Against Idleness and Mischief*，其第一句是“小小蜜蜂多忙碌”），以及罗伯特·骚塞（Robert Southey）的《老人的慰藉》（*Old Man's Comforts*）都是广为人知的诗句。更能体现与个人相关的是流行歌曲《黄昏之星》（*Star of the Evening*），李道尔姐妹们在1862年8月1日为道奇森表演，道奇森在他的手稿中以反映表演内容的形式写出来：

可——哦哦口的汤——汤啊！
可——哦哦口的汤——汤啊！
汤——汤啊，今——嗯——嗯今晚的汤。[26]

道奇森给爱丽丝的手稿中没有出现最终故事中一些最知名的人物：公爵夫人、柴郡猫或疯帽子茶会中的人物。

对于道奇森来说，没有什么比来自著名儿童作家乔治·麦克唐纳（George MacDonald）家人的赞扬更大的荣誉了。1863年5月9日，他在日记中记录道：“从麦克唐纳夫人那里听到了关于《爱丽丝的地下奇遇》的评论，我以前把手稿借给他们看的，他们希望我能够正式出版一本书。”[27]

6

La *the* Chatte *Cat.*

Où	*Where*	du	*some*
est	*is*	lait	*milk*
ma	*my*	pour	*for*
chatte ?	*cat ?*	elle	*her*
Je	*I*	Elle	*She*
ne	*not*	aime	*loves*
sais	*know*	beau-coup	*much*
pas	*not*	le	*the*
		lait	*milk*
J'ai	*I have*		

Je ne sais pas, *I do not know.*

7

La Chatte.

Où est ma chatte ?

Je ne sais pas.

J'ai du lait pour elle.

Elle aime beau-coup le lait.

图12
L. 夫人，《小事一桩》（*La Bagatelle*），1829年版本，第6—7页，国家艺术图书馆，V&A博物馆，馆藏号：38041800378184，由安妮·雷尼尔和F. G. 雷尼尔捐赠

图13
查尔斯·勒特维奇·道奇森（即刘易斯·卡罗尔），爱丽丝和其他面孔的研究，1862—1864年，牛津大学基督教堂学院，卡罗尔素描-B4

“一件完美的艺术印刷作品”

我们不可能有任何动机违背你的意愿，为你省钱……

——亚历山大·麦克米伦写给刘易斯·卡罗尔，1869年3月19日[28]

1863年10月19日，卡罗尔通过他的朋友托马斯·库姆（Thomas Combe）认识了出版商亚历山大·麦克米伦（Alexander Macmillan），他是牛津大学克拉伦登出版社的合伙人兼印刷商。卡罗尔最初打算自己为这本书绘制插图，他尝试着在木板上作画，并找到了木刻家托马斯·奥兰多·朱伊特（Thomas Orlando Jewitt）。他打电话向康伯展示了一个在木板上完成的场景，“伍尔纳先生在那里……他看了这幅画（女主角的半个身子），谴责了手臂，他说‘我必须按照生活中的样子画出来’。”[29] 1863年12月20日，他给另一位朋友，演员汤姆·泰勒（Tom Taylor）写信，表明：“我试着在木头上画了一下……结果终究不尽人意。”[30]

1864年，卡罗尔与麦克米伦达成了一份协议。这份协议主要是将书的插图、印刷、装订和广告的所有风险和费用转给卡罗尔，反映了他作为一个无名作者的身份。然而，这样做的结果是，卡罗尔可以自由地做出自己的决定，并允许他进行特别严格的质量控制。例如，他可以说服麦克米伦使用鲜艳的红布作为书的封面（“最吸引孩子的眼睛”），而不是常用的绿色。[31] 他还希望找到最好的艺术家。通过泰勒的介绍，卡罗尔向坦尼尔询问他是否会完成“一组版画”。[32]

插图对卡罗尔很重要。爱丽丝·李道尔记得，卡罗尔经常在讲故事时潦草地画画。“他边讲边编，”她回忆说，“一直在一大张纸上忙着画画。”[33]事实上，与当时的同类书籍相比，爱丽丝系列图书的插图数量非常丰富。木版画几乎占了最初制作成本的一半：绘图138英镑，雕刻142英镑，而印刷和装订则分别为240英镑和80英镑。[34] 卡罗尔希望有人能够同时提供精致与荒诞兼顾的作品，而坦尼尔可以实现这两点。他在1861年为《拉拉·鲁克》（*Lalla Rookh*）绘制的插图已经获得了好评，并在1862年成为《笨拙》（*Punch*）杂志的首席漫画家。他为1864年的《英戈兹比传奇》（*The Ingoldsby Legends*）创作的插图将戏剧感与漫画技巧结合起来。

虽然坦尼尔在5月就收到了第一部分文本，但到1864年10月12日，他才完成了他的第一幅作品《爱丽丝和白兔》，当时他们两人会面并“商定了大约34幅作品”。[35] 坦尼尔曾在木刻家约瑟夫·斯韦恩（Joseph Swain）手下接受培训，精通木刻细节的技术。他在纸上准备了初步草图，但直接在木头上完成了他的成品设计。[36] 木块由达尔齐尔兄弟（图15）操刀。这是一家著名的木雕公司，他们直接与坦尼尔沟通，给他寄来了样稿，他在样稿上做了注释，说明应该在哪里添加亮点或色调（图14、图24、图26）。卡罗尔有点乐观地希望在1864年圣诞节前出版《爱丽丝漫游奇境记》，但1865年4月8日，坦尼尔仍在制作“第30幅画”，[37] 直到7月15日，该书的演示本才终于可以签售。此后发生的事情被认为是印刷史上最了不起的故事。坦尼尔对印刷质量提出

图14
约翰·坦尼尔，《爱丽丝的证词》，1864年至1865年，为《爱丽丝漫游奇境记》第一次出版1866年[1865年]用墨水和锌白增色的画稿，哈佛大学霍顿图书馆，哈考特·阿莫里（Harcourt Amory），关于刘易斯·卡罗尔的收藏，礼物，1927年，藏品号MS Eng 718.6 (12)

"Alice's Adventures in Wonderland",
by Lewis Carroll. London, 1866.

334

J. Tenniel (page 55).

335

J. Tenniel. (page 15).

336

J. Tenniel. (page 18)

337

J. Tenniel. (page 51).

338

J. Tenniel. (page 45).

339

J. Tenniel. (page 23).

图15

达尔齐尔兄弟（雕刻师）的印刷木版画样张，1865年，以约翰·坦尼尔为《爱丽丝漫游奇境记》绘制的插图样张，首次出版，1866年 [1865年]，大英博物馆，专辑20，Mus，1913,0415.181，ff.77v–78r

异议。1865年7月20日，卡罗尔拜访了麦克米伦，给他看了坦尼尔关于童话故事的信，他对图片的印刷完全不满意，“我想我们必须重新做一遍”[38]。当时，这本书已经印了2000册。重印的决定对卡罗尔来说不是一件小事，因为他不是一个富人。他考虑了各种保证成本的方案，包括出售不满意的纸张或将其作为废纸出售。最后，麦克米伦将这些纸张卖给了美国的一家出版商。[39]

将“压制”的副本和重印的版本并排比较可以发现，早期的印刷品有很重的且统一色调，使爱丽丝的面部线条明显，仿佛使她衰老了15岁。深色的印刷也影响到了《泪水池中的爱丽丝》这样的木版画。在水面以下的细节雕刻得非常精细；当着墨和印刷得十分均匀且细致时，木版画中在水面以下的画面产生灰色的闪光色调，与在水面以上产生对比强烈的暗色调。此后多年，卡罗尔一直纠结于纸张问题，表明他认为它就是罪魁祸首。对于新版本，麦克米伦任命了另一位印刷商理查德·克莱（Richard Clay），他的公司更习惯于精细插图的印刷。最后，在1865年11月9日，正好赶上圣诞节礼品销售，卡罗尔从“麦克米伦收到了一份远远优于旧版本的新版本。它实际上是一件完美的印刷艺术品”。[40]

尽管《爱丽丝漫游奇境记》遭遇重大挫折，但到1866年8月，卡罗尔已经有了“写一种续集的想法”，名为《窥镜之屋》[41]。最初，坦尼尔因为忙于其他工作不是很情愿继续创作，但后来也同意了“偶尔抽时间继续”。[42]卡罗尔又花了两年时间创作文本，但《窥镜背后和爱丽丝在那里看到的东西》（“镜中世界太具体而微了……”）已于1871年1月15日准备好有待印刷，《爱丽丝镜中历险记》最终于1871年12月6日出版，赶上了圣诞节。[43]

基于事实的童话故事

在所有这些作品中，我目前更喜欢《爱丽丝漫游奇境记》。尽管你有那么多的“道德”要求，我还是想要一些刺激的东西。

——刘易斯·卡罗尔写给汤姆·泰勒，1864年6月10日[44]

卡罗尔经常把《爱丽丝的地下奇遇》称为童话。在给泰勒的信中，卡罗尔提出了几个备选书名，因为他觉得原来的书名听起来“太像一本其中会有关于矿井指导知识”的教科书[45]。选项包括：

与 精灵们 在一起的爱丽丝
哥布林

爱丽丝在精灵之地　的　时光
　　　　奇境　　　　故事
　　　　　　　　　　冒险[46]

这些故事仍然保留了一些童话的特质，但《爱丽丝漫游奇境记》更多的是植根于一个颠覆性的梦境中的日常人物，而《爱丽丝镜中历险记》则是一个白日梦（或许是红心国王的梦）。甚至可以说，爱丽丝故事的成功有赖于其现实生活的品质。

这些人物虽然古怪，但并不是幻想中的神仙生物。他们似乎——部分归功于坦尼尔的插图——几乎是真实人物的漫画。A. H. 佩奇在《当代评论》中认为，《爱丽丝漫游奇境记》的成功在于这个故事“从日常的世界中不经意地滑向一个充满奇异的世界”，也在于卡罗尔“无论走到哪里都带着现实世界的气息”。[47]

正如卡罗尔对爱丽丝的描述，她是：

> 充满爱心和温柔……对所有人都彬彬有礼……充满信任，准备接受最疯狂的不可能，只有梦想家才知道的那种信任；最后，充满好奇……对生活的热切享受，只有在童年的快乐时光里才会有。[48]

爱丽丝在故事开始时是一个充满好奇心但又深思熟虑、永远彬彬有礼的孩子。当她在两个世界中旅行时，她对自己的身份越来越困惑，无论是字面意义还是隐含意义，直到她最终学会了如何融入这个——对她来说——令人困惑的世界，并获得了自信。如果说爱丽丝的故事有什么寓意的话，那就是成年人的世界可能是令人困惑的，需要小心翼翼的引导。

图16
刘易斯·卡罗尔（作者）、约翰·坦尼尔（插画家）、《爱丽丝漫游奇境记》，第一版，1866年[1865年]，第97页。国家艺术图书馆，V&A博物馆，馆藏号：38041802039719，安妮·雷尼尔和F.G.雷尼尔捐赠

图17
约翰·坦尼尔（插画家），刘易斯·卡罗尔（作者），《爱丽丝漫游奇境记》，第一版，1866年[1865年]，第35页。国家艺术图书馆，V&A博物馆，馆藏号：38041802039719，安妮·雷尼尔和F.G.雷尼尔捐赠

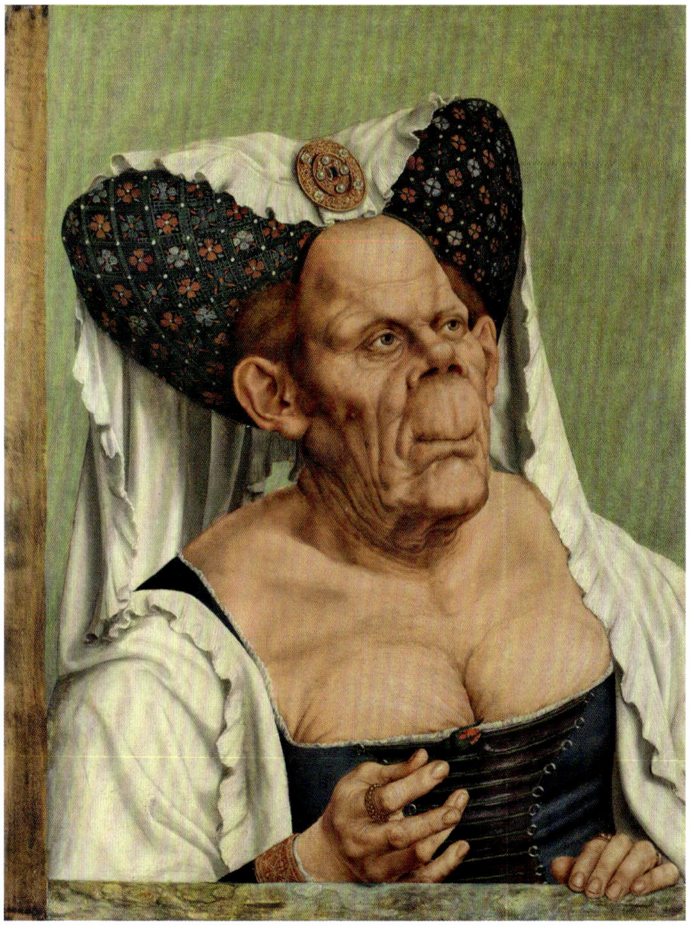

图19
昆滕·马西斯，《一个老妇人》（又称《丑陋的公爵夫人》），橡木面板上的油画，c.1513。伦敦国家美术馆，珍妮·路易莎·罗伯塔·布莱克小姐（Miss Jenny Louisa Roberta Blaker），1947年遗赠，NG5769

爱丽丝遇到的人物以不同的方式令人沮丧或困惑，而她在面对可怕的苦恼时努力保持镇定：老鼠很容易被冒犯；公爵夫人咄咄逼人，尽管在第二次见面时温和得多；毛毛虫是相反的；疯帽子和三月兔是粗鲁的；而格里芬和假海龟是吹毛求疵的。在《爱丽丝镜中历险记》中，“带刺的红心王后”是心细如发而且带刺的（据说关于她的灵感来自爱丽丝·李道尔的家庭教师玛丽·普里克特），特维德双胞胎是孩子气的，矮胖子是浮夸的。[49]对一个角色最富有同情心和诗意的描述则给予了白骑士：

> 骑士温和的蓝眼睛和亲切的微笑——夕阳透过他的头发闪闪发光，照在他的盔甲上，光芒四射，令她眼花缭乱……[50]

英俊的白衣骑士的整版正面插图类似于中世纪的肖像。这个人物被认为代表了卡罗尔本人，白衣骑士的凄美告别隐喻了卡罗尔与爱丽丝·李道尔逐渐消逝的友谊，而爱丽丝·李道尔在《爱丽丝镜中历险记》出版时已几乎长大成人。

在许多情况下，坦尼尔只能依靠卡罗尔文本中最简短的描述，而正是他的描述赋予了“爱丽丝”系列书中人物的真正形式。据传，“疯帽子”的灵感来自一个名叫西奥菲勒斯·卡特（Theophilus Carter）的古怪人物，他是一个戴着高帽的家具制造商，但让人印象深刻的是坦尼尔对他的刻画（图16）。卡罗尔对公爵夫人的描述是“丑陋的”，有一个“令人不舒服的尖下巴”和一种“嘶哑的咆哮”。坦尼尔以16世纪昆滕·马西斯（Quinten Massys）的肖像画《一个老妇人》（曾被称为《丑陋的公爵夫人》）或同一人的类似版画为模型，构思出了一个新角色（图15、图19）。他还改编了自己的插图或投稿给《笨拙》杂志漫画的一些形象。最值得一提的是，双胞胎兄弟是结合了他的小学生和中英格兰人约翰·布尔（John Bull）的漫画。柴郡猫、三月兔、狮子和独角兽——都是来自民间传说的角色——也都被画成漫画。爱丽丝是唯一没有被描绘成怪诞或漫画的非动物角色，这使她在《爱丽丝漫游奇境记》和《爱丽丝镜中历险记》的世界中与众不同。与卡罗尔一样，坦尼尔对自然历史很感兴趣，一些动物也是从自然界中密切汲取的。他笔下的渡渡鸟与1774年奥利弗·戈德史密斯（Oliver Goldsmith）书中的描述相似，例如羽毛的图案、腿的位置和张开的下巴（图17、图18）。[51]

图18
对页右下图：奥利弗·戈德史密斯的《地球历史与生机勃勃的自然》1774年第5卷中的渡渡鸟插图。国家艺术图书馆，V&A博物馆，馆藏号：福斯特3519，由约翰·福斯特遗赠

图片和对话

“一本书……要是没有图片或对话，那还有什么用?”

——爱丽丝在《爱丽丝漫游奇境记》

《爱丽丝漫游奇境记》有一个情节性的结构，“几乎完全由零碎的东西组成”，[52] 而作为一本单一的故事书，《爱丽丝镜中历险记》通过从一个遭遇到另一个遭遇的多次跳跃和融合，保留了这种结构。考虑到卡罗尔的儿童读者，他利用各种文学手法来激发灵感，并尝试用适当的版式安排来增加多样性和趣味性。这些诗歌包括具象诗（按照中心思想的形状排印的诗）、仿诗、双关语、谜语和字谜。

“老鼠的故事”（虽然现在是新的诗句）和原稿中的“可——哦哦口的汤——汤啊！”都在《爱丽丝漫游奇境记》的出版版本中重新出现。它们醒目的版面设计一方面帮助小读者想象爱丽丝自己的想法，从而理解后面的笑话，另一方面帮助他们回忆被模仿歌曲的乐声。卡罗尔本人以“老鼠的故事”的尾部样式创作了版式，让人把诗句以直排版的方式印出来，然后把它剪下来贴到他提议的版式上（图20）。他还建议将“扎勃沃龙”的诗句印成镜像，他可能想到将《爱丽丝镜中历险记》中的小白鼠对话设计成微型字体，因为他在给孩子们写的信中也有类似的设计。[53] 这些书中最有趣、也最容易被忽视的特点是《爱丽丝镜中历险记》第三章末尾的未完成句子，它在页面上与下面的章节标题连在一起：

> 她遇到了两位小个子胖男人，突然间，她忍不住往后退了一步，但又过了一会儿，她恢复了常态，觉得他们一定是特维德顿和特维德迪（TWEEDLEDUM AND TWEEDLEDEE）。[54]

卡罗尔在这两本书中都提到了游戏和猜字谜，比如书中的疯帽子的谜语“为什么渡鸦像写字台？”[55]或扑克牌和望远镜象棋游戏（爱丽丝扮演一颗白棋）。大约在卡罗尔写《爱丽丝镜中历险记》的时候，他正在发明文字游戏，并将其投稿至报纸，甚至有人认为《爱丽丝镜中历险记》中的一些转换是他的双关游戏，即玩家必须通过逐渐改变单字母将一个词变成另一个词。维多利亚时代流行的字母游戏“我爱吾爱”当然也被影射到了。[56]

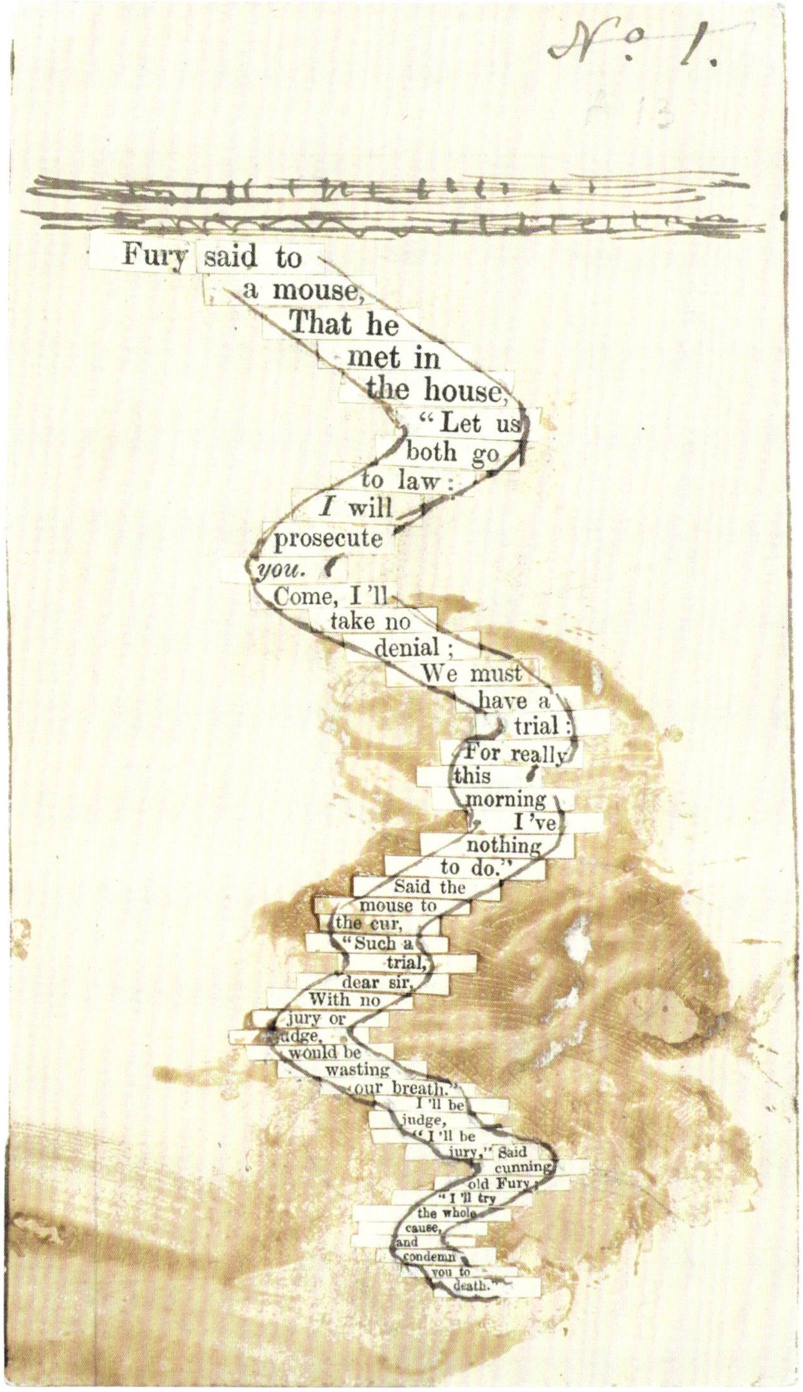

图20
查尔斯·勒特维奇·道奇森（即刘易斯·卡罗尔），"老鼠的故事"的实验性布局，1864—1865年，《爱丽丝漫游奇境记》，第一版出版，1866年[1865年]，牛津大学基督教堂学院，卡罗尔-A3

对于插图，坦尼尔也同样注意到了多样性和形式美。坦尼尔和卡罗尔一样，改变了他的表现风格。模仿诗句的连续插图尺寸统一，以区别于主要叙事，仿佛是从另一本书上摘下来的。通过《爱丽丝漫游奇境记》中的两个庭院布景——女王的花园和宫廷房间——坦尼尔使用浅视角反映了扑克牌主题，这些图像的整体效果是堆叠和平面的。坦尼尔增加了一些重要的小细节。例如，他让在法庭上充当传令官的白兔朝读者瞥了一眼，用一种了解的眼神反映自己的紧张（图22）。这个细节的重要性体现在木刻家画册的一张早期草图上，坦尼尔还描绘了兔子的眼睛直视前方，因此失去了冲击力。[57]为了达到视觉效果和吸引力，两本书都包含了几页消失或镜像的页面。在《爱丽丝漫游奇境记》中，柴郡猫在页面上消失了。在《爱丽丝镜中历险记》中，两个窥镜的图像在同一页的两边相互映照。

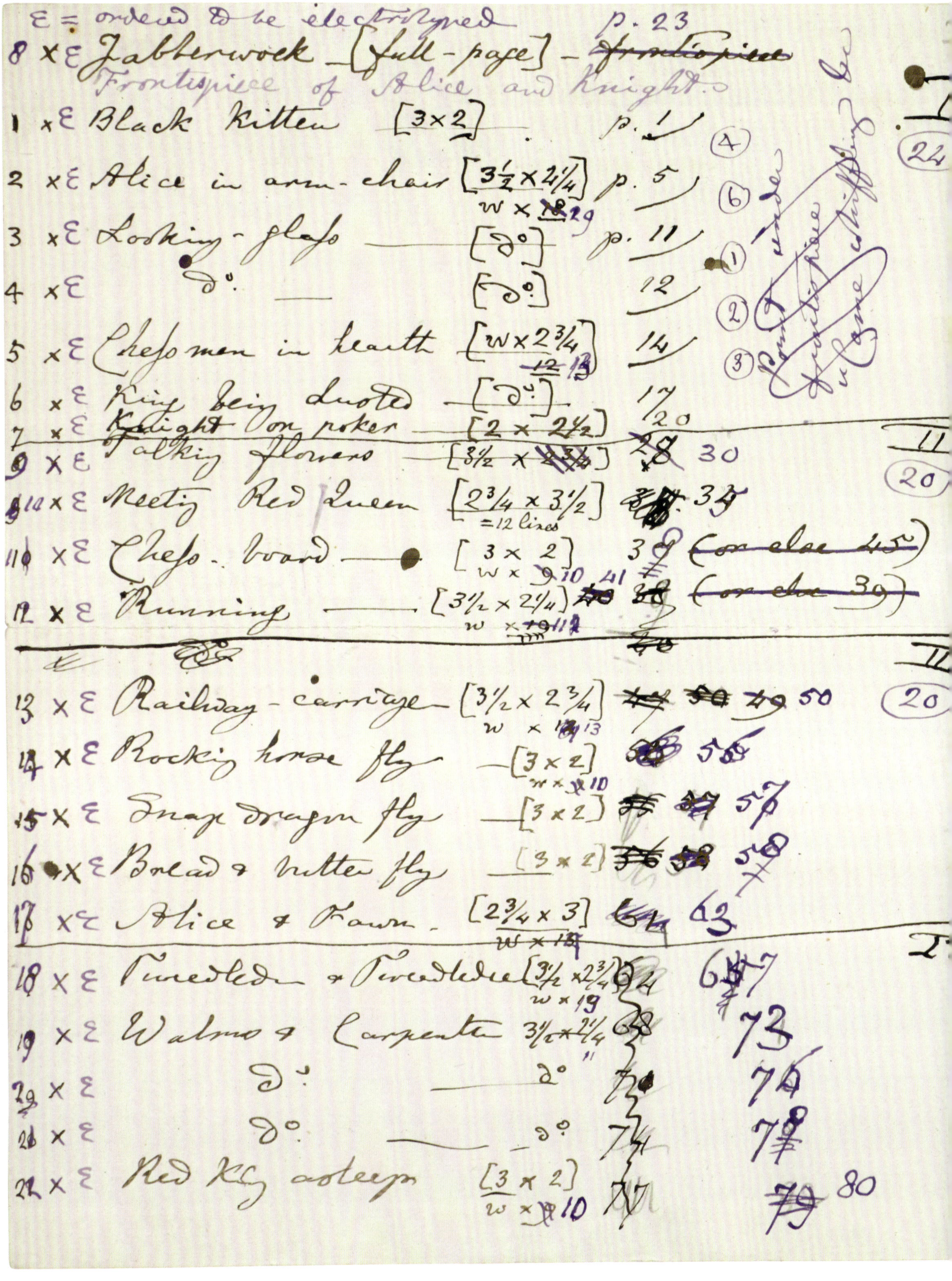

E = ordered to be electrotyped p. 23
8 ×E Jabberwock – [full-page] – Frontispiece
Frontispiece of Alice and Knight.
1 ×E Black Kitten [3×2] p. 1
2 ×E Alice in arm-chair [3½×2¼] p. 5
3 ×E Looking-glass [do] p. 11
4 ×E do [do] 12
5 ×E Chessmen in hearth [w×2¾] 14
6 ×E King being dusted [do] 17
7 ×E Knight on poker [2×2½] 20
9 ×E Talking flowers [3½×...] 30
10 ×E Meeting Red Queen [2¾×3½] =12 lines
11 ×E Chess-board [3×2]
12 ×E Running [3½×2¼]
13 ×E Railway-carriage [3½×2¾] 50
14 ×E Rocking horse fly [3×2]
15 ×E Snap dragon fly [3×2]
16 ×E Bread & butter fly [3×2]
17 ×E Alice & Fawn [2¾×3] 63
18 ×E Tweedledum & Tweedledee [3½×2¾]
19 ×E Walrus & Carpenter 3½×2¼ 73
20 ×E do do
21 ×E do do
22 ×E Red King asleep [3×2] 80

图21

查尔斯·勒特维奇·道奇森（即刘易斯·卡罗尔），1869—1870年，为《爱丽丝镜中历险记》绘制的插图，1872年[1871年]，
牛津大学基督教堂学院，卡罗尔-C7。图片编号、标题、尺寸（英寸）、页码和章节编号，均为罗马数字

× E Discovery of rattle — [$3\frac{1}{4} \times 2\frac{1}{4}$] w × 11 ~~79~~ 84

× E Preparing for fight — [$3\frac{1}{2} \times 2\frac{1}{2}$] w × 12 ~~84~~ 87

× E W. Queen ~~[illegible]~~ being made neat [$2\frac{1}{4} \times 3$] 14 lines 95

× E Hatta in prison — [$2 \times 2\frac{5}{8}$] 12 lines high 98 96

× E Sheep in Shop. [$2\frac{3}{4} \times 3\frac{1}{2}$] (w × 16) ~~[illegible]~~ 102

× E Dissolving view [$3\frac{1}{2} \times 2\frac{1}{4}$] (w × 19) 110 ~~[illegible]~~

I × E Humpty Dumpty — (shaking hands? p. 120 alt p. 122) [$3\frac{1}{2} \times 4\frac{1}{4}$] piece out ~~120~~ 118

× E Bristling [illegible] [$3\frac{1}{2} \times 4\frac{1}{4}$] ~~128~~ 127

× E ~~Filling the Kettle~~ Sending message to fish — [$2\frac{1}{8} \times 3$] (14 lines high) 133

II × E King's horses & men [$3\frac{1}{2} \times 4\frac{1}{4}$] w × 19 138

× E Ham-sandwich — [$3\frac{1}{2} \times 2\frac{3}{4}$] w × 13. 142

× E Fight of Lion & Unicorn — [do.] 148
(speak — can't you?)

× E Alice introduced to ~~Unicorn~~ Lion [do.] 152

× E Drums — [$2\frac{1}{4} \times 3\frac{1}{4}$] 15 lines 156

III Battle of 2 Knights — [$3\frac{1}{4} \times 3\frac{1}{2}$] w × 16 160

× E Knight falling (2 in more?) [$2\frac{7}{8} \times 3\frac{1}{8}$] w × 15 ~~171~~ 166

~~Knight singing~~ — ~~179~~

---

9 × E — ~~Wasp~~ Knight in ditch [$3\frac{1}{4} \times 2\frac{1}{4}$] w × 11. —— 172

40 × E Old man on gate — [$2\frac{5}{8} \times 2\frac{1}{2}$] w × 12 —— 179

1. — Golden Crown — [2×3] (14 lines) —— 184

2. — Catechising [$3\frac{1}{4} \times 2\frac{1}{4}$] w × 11 —— 190

3 — Queens asleep — [do] —— do. —— 199

4 — Frog gardener. [$2\frac{3}{4} \times 3\frac{1}{2}$] — (w × 16) —— 201

5. × E Mutton (= 8 lines) [2×3]. $1\frac{7}{8} \times 2\frac{1}{4}$ —— 205

6. Scene ~~(just over 5 lines)~~ [page with corner out] —— 211

7. × E Shaking Queen [2×3] —— 213

8 — × E It was a kitten [2×3] —— 214

9 — Alice & two kittens. [3×3] —— 218

卡罗尔制订了详细的计划，与坦尼尔商定了插图的主题、位置和尺寸。图片的位置与文字密切相关。在爱丽丝拉开窗帘的画面中，描述她发现门的文字正好在她的右边。[58]当她“像窥镜一样”张开时，爱丽丝实际上是在成长过程中，她的头和脖子从她的脚上伸展开来，在页面的最后，她脚边的文字是：“哦，我可怜的小脚”（图23）。[59]

坦尼尔的插图还与卡罗尔的文字相结合，凸显了幽默感。坦尼尔用他自己的滑稽形象来配合卡罗尔对白衣骑士的描述，描绘了爱丽丝将他（倒立着）从沟渠中拉出来的情景（图27）。

> 每当马停下来时（它经常这样做），他就在前面掉下来；而每当它再次继续前进时（它通常是相当突然的），他就在后面掉下来。除此以外，他一直都很好，只是他有个习惯，就是时不时地往旁边掉……[60]

卡罗尔偶尔也会用描述性的语言来提供情景喜剧。在《爱丽丝镜中历险记》中，“特维德迪在尽力折叠雨伞，他自己也在里面……”（图28）[61]，而在《爱丽丝漫游奇境记》中的红心王后的棒球游戏则是：

> 刺猬和另一只刺猬打了起来，这对爱丽丝来说是一个很好的机会，可以用另一只刺猬打球。唯一的困难是，她的火烈鸟已经跑到花园的另一边去了……[62]

在《爱丽丝镜中历险记》中，火车车厢里的警卫通过几种仪器研究爱丽丝的不同距离：“通过望远镜，然后通过显微镜，再通过歌剧镜”[63]。坦尼尔通过爱丽丝尴尬的表情出色地表达了爱丽丝的自我意识。（图25）

卡罗尔还通过使用无稽之谈的句法，用单词的声音来描绘画面。“扎勃沃龙”（Jabberwocky）依赖于各种方言中所谓两格式旅行衣箱（portmanteaus，此处指单词的组合）以及声音与含义的混合，使读者或听众的脑海唤起了想象。对爱丽丝来说，这首诗“非常美妙”。“不知为什么，它似乎让我的脑子里充满了想法，只是我不知道它们到底是什么！”“然而，有人杀掉了什么：这很清楚，……”[64]

对《爱丽丝镜中历险记》图像布局的一个主要改动是取消了作为封面的炸脖龙，而用白衣骑士代替。卡罗尔认为炸脖龙的形象对读者来说太敏感了，他给大约30个朋友发了一封通函，询问原来的图像是否太令人不安：

> 有人向我建议，这个怪物太可怕了，可能会吓到富有想象力的孩子，使孩子们紧张：无论如何，我们最好用一个更愉快的主题来开始这本书……我希望得到您的意见，（选一张您认为适合任何孩子的图吧）……[65]

CHAPTER II.

THE POOL OF TEARS.

"CURIOUSER and curiouser!" cried Alice (she was so much surprised, that for the moment she quite forgot how to speak good English); "now I'm opening out like the largest telescope that ever was! Good-bye, feet!" (for when she looked down at her feet, they seemed to be almost out of sight, they were getting so far off). "Oh, my poor little feet, I wonder

图23
约翰·坦尼尔,（插画家），刘易斯·卡罗尔（作者），《爱丽丝漫游奇境记》，第一版，1866年[1865年]，第15页。国家艺术图书馆，V&A博物馆，馆藏号：38041802039719。安妮·雷尼尔和F.G.雷尼尔捐赠

图22
约翰·坦尼尔，1864—1865年为《爱丽丝漫游奇境记》画的《谁偷了馅饼?》，第一版，1866年[1865年]。哈佛大学霍顿图书馆哈科特·阿莫里，刘易斯·卡罗尔的收藏。礼物，1927年。Eng 718.6(5)

图24
达尔齐尔兄弟（雕刻师）根据约翰·坦尼尔的画作，《火车上的爱丽丝》的部分拉页（校样），约翰·坦尼尔的注释，1871年，为《爱丽丝镜中历险记》第一版制作，1872年 [1871年]，V&A博物馆，馆藏号：E.5491-1904

图25
达尔齐尔兄弟（雕刻师）根据约翰·坦尼尔的画作，《火车上的爱丽丝》的校样，1870年1月，用于《爱丽丝镜中历险记》，第一版，1872年 [1871年]。V&A博物馆，馆藏号：E.2838-1901

图26

达尔齐尔兄弟（雕刻师）根据约翰·坦尼尔的画作，《滑溜的Tove脑袋》的部分拉页（雕版），由约翰·坦尼尔（插画家）注释，1871年，为《爱丽丝镜中历险记》第一版制作，1872年[1871年]。V&A博物馆，馆藏号：E.5500–1904

图27
达尔齐尔兄弟（雕刻师）根据约翰·坦尼尔的画作，《特维德迪的愤怒》雕版，1871年，为《爱丽丝镜中历险记》第一版制作，1872年[1871年]。V&A博物馆，馆藏号：E.2849-1901

图28
达尔齐尔兄弟（雕刻师）根据约翰·坦尼尔的画作，1871年《沟渠中的白衣骑士》的校样，用于《爱丽丝镜中历险记》的初版，1872年[1871年]。V&A博物馆，馆藏号：E.2843-1901

除了“带火焰的眼睛”和“抓人的爪子”[66]，卡罗尔没有描述过扎勃沃龙。这个生物的形象——可怕的（尤其是它巨大的爪子），但它的马甲却很滑稽——是由坦尼尔发明的（图29）。年轻骑士的头发看起来非常像爱丽丝的头发，最终与诗歌并列，这幅插图可以被视为反映了爱丽丝在阅读诗句时的想象力。

坦尼尔在《爱丽丝镜中历险记》校样上的注释包括对眼睫毛长度等复杂问题的说明，这表明他和卡罗尔一样关注细节问题。偶尔，木块必须被切掉一些部分，并添加新的木块以改善图像，特别是爱丽丝的一些精致的特征。坦尼尔最彻底的改动是对爱丽丝在《爱丽丝镜中历险记》中扮作女王所穿的衣服进行修改。他改变了她那件鼓鼓囊囊的衬衣（很像国际象棋的底座）。这涉及从木块上切下一段，然后换上一块新的木块（图30—图32）。

卡罗尔还不忘向坦尼尔征求关于叙事的建议。尽管卡罗尔希望坦尼尔“最好对《爱丽丝镜中历险记》中不存在什么意见”，但坦尼尔可能引发对故事的最大改动是涉及删除一个名为“戴假发的黄蜂”的情节。坦尼尔在1870年6月1日写道：“不要认为我很粗暴，但我不得不说，我对‘黄蜂’这一章丝毫不感兴趣，而且我看不出我有什么办法来绘制插图。[67]

总的来说，这些故事也许因其大量使用看似无厘头却很精彩的语言而最为人所知。那些模仿著名诗歌的格律、韵律的句子，有的还模仿其主题，是这些书中令人记忆最深的部分。事实上，那些被模仿的书之所以能够成功是因为这些诗句在老年与青年读者群中的流行。除了重复使用他手稿中的范例，卡罗尔还发明了新的范例。其他一些很优秀的教科书也为下列章节提供了素材，比如《一闪一闪的小蝙蝠》、关于鳕鱼和蜗牛的《龙虾四组舞》，甚至还有《红心王后的问答手册》。卡罗尔还从其他文学作品中汲取素材，比如阿利克斯的《汉普蒂·邓普蒂画报》（*Pictorial Humpty Dumpty*）等童谣，而且也有对成年人更有吸引力的诗句，包括沃尔特·斯科特（Walter Scott）和威廉·华兹华斯（William Wordsworth）的诗歌。在《鲜花花园》中，他通过拉克斯普尔的呼喊：“她来了！我听到了她的脚步声，砰砰砰，沿着碎石路！”，从而更加巧妙地模仿了阿尔弗雷德·丁尼生勋爵（Alfred, Lord Tennyson）的《莫德》（*Maud*）。[68]

在《爱丽丝漫游奇境记》中，《一次小组竞赛跑和一个长篇故事》中的胡说八道是一个扩展的双关语，包括关于令人感到枯燥（或本身就是枯燥）的诺曼底的威廉的历史课以及关于老鼠尾巴的视觉双关语。这让爱丽丝着迷，她把尾巴和故事搞混了：“你到了第五个弯道，我想。”“我没有！”老鼠尖声叫道……“一个结！”爱丽丝说道……“哦，让我来帮你解开它吧！”[69]其他的双关语对儿童的吸引力更明显，并且还会玩味字音。特别成功的是《假海龟的故事》，其中乌龟和格里芬描述了他们越来越少的学校课程（“第一天10小时……第二天9小时，以此类推”）和他们的校长（“我们叫他乌龟，因为他教我们……摇摇晃晃……然后是算术的不同分支——野心、分心、丑化和嘲笑……”）。[70]

图29
达尔齐尔兄弟（雕刻师）根据约翰·坦尼尔的画作，1871年为《爱丽丝镜中历险记》第一版制作的“炸脖龙”校样，1872年［1871年］。V&A博物馆，馆藏号：E.2834–1901

图30
约翰·坦尼尔，《“三位王后”：爱丽丝的教义》的初画稿，1870年1月，为《爱丽丝镜中历险记》第一版，1872年[1871年]。罗森巴赫博物馆，费城，编号1954.0046

图31
达尔齐尔兄弟（雕刻师）根据约翰·坦尼尔的画作，雕刻了《“三位王后”：爱丽丝的教义》的雕版，1870年1月，为《爱丽丝镜中历险记》第一版创作。1872年[1871年]。大英图书馆，借出MS 104

图32
达尔齐尔兄弟（雕刻师）根据约翰·坦尼尔的画作，完成《“三位王后”：爱丽丝的教义》校样，1871年，选自《爱丽丝镜中历险记》第一版，1872年[1871年]。V&A博物馆，馆藏号：E.2851–1901

卡罗尔还将双关语与人格化相结合。有一段混乱的对话，爱丽丝告诉白王，她在路上没有看到任何人，结果国王明显侮辱了使者，告诉他（使者）“没有人”走得比他慢，这引起了使者的辩解：

“我敢肯定，没有人比我走得快得多！”

“他不能那样做，”国王说，“否则他就会先到这里。”[71]

在这两本书中，尤其是在《爱丽丝镜中历险记》中，谬论往往以逻辑为基础。卡罗尔的《逻辑游戏》（*The Game of Logic*）直到1886年才问世，但至少在《爱丽丝镜中历险记》面世的时候，他就在研究谬误（图33），或者说错误的逻辑。[72] 这种兴趣在爱丽丝其他系列图书中也有一些体现。在《爱丽丝漫游奇境记》中，鸽子基于错误的假设把爱丽丝当成了蛇。鸽子推断，因为所有的蛇都吃蛋，爱丽丝也吃蛋，所以爱丽丝是一条蛇。柴郡猫解释他的疯狂与他对狗的反对有关，狗显然没有疯。在《爱丽丝镜中历险记》中，爱丽丝有几段涉及逻辑的对话：与白心王后谈论语言，与白王后谈论正义和威吓（惩罚优先），与红心王后上课时还会讨论除法（用刀切面包）和减法（从狗身上砍下骨头）。

一些交流源于对语言的逻辑解释。例如，在《爱丽丝漫游奇境记》中，毛毛虫的相反回答围绕着爱丽丝在句子末尾使用的常见表达方式“你看”和“你知道”展开。[73] 在《爱丽丝镜中历险记》中，白心王后以果酱的形式向爱丽丝发放报酬，是“每隔一天”，只是从来没有“今天”。[74] 在白衣服骑士区分歌曲的名字《老了的老人》《黑线鳕“眼睛”》《方式与方法》以及《坐在大门上》的同时[75]，在《爱丽丝漫游奇境记》中爱丽丝和假海龟的对话是一种令人费解的循环逻辑：

“是的，我们在海里上学，虽然你可能不相信……”“我从未说过我没有！”爱丽丝打断了他的话。

“你说过。”假海龟说。[76]

图33
查尔斯·勒特维奇·道奇森（即刘易斯·卡罗尔），关于谬误的手稿中的一页，1888年11月，可能是为符号逻辑学准备的，牛津大学基督教堂学院，卡罗尔-MS4

Warner Gift.

Fallacies [1]

11/11/88

Limiting the meaning of "Fallacy" to "a pair of Premisses, one containing m, x, (with or without accents), & the other m, y, & leading to no conclusion"; I think we have only 5 kinds to deal with.

(1) In the Syllogism "$\left.\begin{matrix} xm_0 \\ ym'_0 \end{matrix}\right\} \therefore xy_0$", the only essential feature is that the middles shall have unlike ~~opposite~~ signs. This yields the Fallacy "$\left.\begin{matrix} xm_0 \\ ym_0 \end{matrix}\right\}$", where no existence is assigned to "m". (This condition is needed, since $\left.\begin{matrix} xm_0 \\ m_1 y_0 \end{matrix}\right\}$ is a logical Pair of Premisses).

(2) In the Syllogism "$\left.\begin{matrix} xm_0 \\ ym_0 \end{matrix}\right\}$ ("m" being assumed to exist), $\therefore x'y'_1$", the only other essential feature is that the middles have like signs. This yields the Fallacy "$\begin{matrix} xm_0 \\ ym_0 \end{matrix}$" where no existence is assigned to m. (The omission of the other essential feature would not yield a Fallacy, since $\left.\begin{matrix} xm_0 \\ ym'_0 \end{matrix}\right\}$ is a logical Pair of Premisses, whatever be assumed as to m's existence or non-existence.)

(3) In the Syllogism "$\left.\begin{matrix} xm_0 \\ ym_1 \end{matrix}\right\} \therefore x'y_1$", the only essential feature is that the middles have like signs. This yields the Fallacy "$\left.\begin{matrix} xm_0 \\ ym'_1 \end{matrix}\right\}$".

(4) ~~In the~~ A Pair of Premisses, both ending in 1, gives no conclusion: & so is a Fallacy, whether the middles have like signs or not.

(5) In the Syllogism "$\left.\begin{matrix} xm_0 \\ y_0 m_1 \end{matrix}\right\} \therefore y_0 x'_1$", the only essential feature is that the middles have ~~the~~ like signs. This yields the Fallacy "$\left.\begin{matrix} xm_0 \\ y_0 m'_1 \end{matrix}\right\}$".

(6) In the Syllogism "$\left.\begin{matrix} xm_0 \\ m_1 y_0 \end{matrix}\right\} \therefore x'y'_1$", the only essential feature is that the middles have like signs. This yields the Fallacy "$\left.\begin{matrix} xm_0 \\ m'_0 y_1 \end{matrix}\right\}$".

THE NURSERY "ALICE"
E. G. Thomson

遗产

卡罗尔对改编作品并不排斥。他渴望扩大他的读者群。早在1869年，他就考虑了平价版。到1872年，他考虑了爱丽丝如何出现在舞台上。1889年，他把《爱丽丝漫游奇境记》改成了适合幼儿园使用的版本（图34），其中的彩色插图里爱丽丝穿上了新的黄裙子。

爱丽丝系列书激发了其他文学作品对其进行的一些戏仿和引用，其多样性证明了这些书的广泛吸引力：从教育性的《格拉迪斯在格拉玛兰德》和政治性的《斯塔西兰》到科幻小说《机动的爱丽丝》和漫画《蝙蝠侠的疯帽子》。约翰·列依受到启发写了一些无稽之谈的书，最著名的是詹姆斯·乔伊斯在《芬尼根的觉醒》(*Finnegan's Wake*）中提到了《爱丽丝镜中奇遇记》(*Looking-Glass*)。模仿爱丽丝的作品很多，包括1902年萨基的政治讽刺作品《西敏寺的爱丽丝》(*The Westminster Alice*)。此外，爱丽丝的书还激发了虚构的模仿，包括将她带入其他文化环境的模仿，如孟加拉语里的哈吉巴拉（*Hajabarala*），其中同样包括巧妙的文字游戏。卡罗尔的书并不是第一本采用无厘头语言的书，但却是最突出的，并且在儿童文学中颇有影响力，从A.A.米尔恩（A.A. Milne）的《小熊维尼》到罗尔德·达尔（Roald Dahl）的书。[77]

与此同时，坦尼尔对人物的描绘建立了一个标准，事实证明其他爱丽丝插画师很难忽视这些标准。他那带价格标签的疯帽子是经常被模仿的，公爵夫人的头饰、爱丽丝的条纹长袜和长裙以及三月兔头上的稻草也是如此。这些内容至少被重新绘制了三百多次，其中阿瑟·拉克姆、默文·皮克、托夫扬·松、拉尔夫·斯特德曼、约翰·弗农男爵和克里斯·里德尔（Arthur Rackham, Mervyn Peake, Tove Jansson, Ralph Steadman, John Vernon Lord and Chris Riddell）的作品尤其值得关注（图36、图81、图82）。

卡罗尔用词的变化激发了人们对它的引用。它的模仿作品现在比它们的原作品更出名，在某些情况下有助于原作的存续。卡罗尔笔下的人物，时而令人恼怒，时而令人困惑，但仍能激发人们的喜爱之情。尽管这些模仿爱丽丝的并不以说教著称，但它们是成长和寻找自我的隐喻。正如公爵夫人简明扼要地指出的那样：

> 这本书的寓意是"做你想做的人"——或者，如果你想说得更简单些——"永远不要想象自己不是别人眼中的样子，你过去或可能是的样子并不是你过去的样子，而是他们眼中的样子。"[78]

图34
刘易斯·卡罗尔的《幼儿"爱丽丝"》封面，1890年，国家艺术图书馆，V&A博物馆，馆藏号：38041803024272。安妮·雷尼尔和F.G.雷尼尔捐赠

图35
约翰·坦尼尔（插画家），刘易斯·卡罗尔（作者），《爱丽丝漫游奇境记》，第一版，1866年[1865年]，第1页。国家艺术图书馆，V&A博物馆，馆藏号：38041802039719，安妮·雷尼尔和F.G.雷尼尔捐赠

从我有记忆起，我就对《爱丽丝漫游奇境记》着迷。作为一个孩子，我翻阅我的书，仔细研究插图的细节。我喜欢那只毛毛虫的高深莫测，脸部轮廓，吸着烟斗的样子。红心女王那威严的手指，愤怒中伸出的手臂让我着迷。假海龟的眼泪和格里芬尾巴的摆动也让我着迷。但是，真正让我着迷的是大白兔的正面。我一遍又一遍地临摹这幅插图，试图分析是什么吸引了我。那双眼睛的神情、耳朵的角度和袖子上精美的褶皱都很特别。

——克里斯·里德尔（Chris Riddell），插画家

图36
克里斯·里德尔，有关爱丽丝追逐大白兔的艺术作品，2019年，《爱丽丝漫游奇境记》，麦克米伦儿童读物，2020年

CHRIS RIDDELL

PERFORMING ALICE

表现爱丽丝

西蒙·斯莱登（Simon Sladen）

PRINCE OF WALES'S THEATRE.

ON

THURSDAY AFTERNOON, DECEMBER 23, 1886,

AND EVERY AFTERNOON,

"ALICE IN WONDERLAND."

ALICE'S WONDERLAND AND LOOKING-GLASS FRIENDS.

Written by SAVILE CLARKE.

Music by WALTER SLAUGHTER.

Drawn by Ellen Whitehead.

A MUSICAL DREAM-PLAY,

Founded upon the Stories of

MR. LEWIS CARROLL.

BOX OFFICE NOW OPEN FROM 11 TO 5.

R. O. HEARSON, Printer, 101, Leadenhall Street, E.C.

这两本书在小读者中如此受欢迎，令我不禁希望它们也能作为一部“演出作品”获得成功。

——道奇森致作者和评论家珀西·菲茨杰拉德，1872年10月18日[1]

查尔斯·勒特维奇·道奇森一直都着迷于戏剧，他也很清楚自己编写的故事的舞台潜力。事实上，在那个如今被称为神奇的“金色午后”——讲故事的行为——可以被认为是有关爱丽丝的第一次戏剧表演。道奇森不会知道，时至今日，剧作家、编剧家、作曲家、舞蹈家和导演仍在不断演绎着他的作品，为一代又一代的人带来欢乐，并使全世界的观众为之惊叹。

道奇森有两个姐姐、八个弟妹。正是这样一个大家庭，为他提供了文学滋养的土壤，造就了他令人惊叹的想象力和精湛的叙事技巧。从他侄子的书信中可以了解到，年轻时的道奇森常常会“头戴棕色假发，身着白色长袍”[2]，扮成一名魔术师为家人表演魔术。后来，他将这些魔法写进了书里。除了热爱想象，道奇森还有一个木偶“剧团”。他会为他的朋友和家人创作各种戏剧，并为他的木偶搭建了一个小剧场。[3]在道奇森的一生中，人们一直都将他比作一个充满想象力、能够用魔法编织故事的木偶大师。比如，他在23岁时就想完成“一本属于孩子们的畅销圣诞书——关于木偶制作和剧场搭建实用技巧——然后，再演出几场由木偶或儿童表演的戏剧……”。[4]

道奇森对这种活动总是很有商业头脑。他不仅发现了市场的空白，同时也意识到在那个时候以年轻人为受众的多数戏剧在他看来都“十分乏味，缺少乐趣”。[5]与当时戏剧截然相反的是，《爱丽丝漫游奇境记》《爱丽丝镜中历险记》塑造出了丰富的人物角色，故事中更是妙语连珠，为人们营造了一个奇妙的世界。这两本书都是戏剧性的，而道奇森几乎在他作品的各个方面都融入了戏剧元素。据估计，道奇森一生参演过近300场戏剧，见到过范妮·肯布尔（Fanny Kemble）、埃伦·特里（Ellen Terry）、查尔斯·基恩（Charles Kean）、亨利·欧文（Henry Irving）等众多知名戏剧表演家，同时他也是他们的朋友。

戏剧头脑：从书本到舞台

道奇森擅长想象和营造幻境，比如他为牛津大学基督教堂学院制作的小册子以及他写的《教区长管辖区的雨伞》（*Rectory Umbrella*）等早期作品，都展现出了舞台对话的戏剧性，还使用了舞台提示和道具。[6]这种戏剧性在他与数学相关的作品《欧几里得与其现代对手》（*Euclid and his Modern Rivals*）里，尤其是通过几何学家与欧几里得之间天马行空的对话中能看到。[7]道奇森写道：“戏剧形式与规规矩矩的论文相比，

图37
《爱丽丝漫游奇境记》的海报作品。威尔士王子剧院，1886年，V&A博物馆，馆藏号：THM/LON/PRI/1886

能够极大减少‘逗趣’的突兀感。”[8]

作为一个十足的戏迷，道奇森看过很多的戏剧演出，这为他创作《爱丽丝漫游奇境记》和《爱丽丝镜中历险记》带来了灵感，也影响了他书中的章节安排和人物设定。1864年至1865年，是他在创作《爱丽丝漫游奇境记》的时间，这段时间也是他造访剧院次数最多的两年。在那之前的1855年，道奇森在英国伦敦的公主剧院观看了由基恩和特里（Kean and Terry）主演的戏剧《亨利八世》（*Henry VIII*）。他评价这部戏："从天空坠落的天使是‘我从来未感受到过，也未曾想到过的最大的戏剧乐趣’。”[9]在他创作的这段时期，他常常去看童话剧，也很喜欢《树林里的孩子们》（*The Children in the Wood*）、《哈利奎恩麦布女王和梦的世界》等作品中的奇特场景。其中一幕，有一柜子的符号活了过来，就像他书中的纸牌复活一样。同样，《哈利奎恩象棋国王，吹笛人的儿子汤姆，跷跷板玛杰丽·道》（*Harlequin King Chess; or Tom the Piper's Son and See-Saw Margery Daw*）、《做蛋糕，做蛋糕，烤面包的人，象棋，呸！呸！黑绵羊咩咩叫！》（*Pat-a-Cake, Pat-a-Cake, Baker's Man; or Harlequin Bah! Bah! Black Sheep*）等中都有用国际象棋棋子作为剧中角色的场景。[10]但是，直到1867年，道奇森在见到以"活木偶"著称的一个儿童表演家剧团后，才写信给自己的经理人托马斯·科（Thomas Coe），称想要把《爱丽丝漫游奇境记》改编成一个童话剧。[11]

后来的几年，道奇森不再喜欢童话剧，因为他认为童话剧中有一些粗糙和低俗的内容。1887年，他和朋友约翰·罗斯金（John Ruskin）的一次观剧体验坐实了这种理解。他们俩一起去看了在德鲁里巷剧院（Drury Lane）上演的《四十大盗》（*The Forty Thieves*）。在这个戏剧中，道奇森尤其不喜欢女性演员学男性盗贼吸烟时的那种充满了挑衅意味的动作。[12]道奇森喜欢看孩子们在舞台上表演，尤其喜欢完全由儿童出演的童话剧，他对孩子们的演技和天真赞叹不已，但现在他认为："圣诞节话剧中那个一边吸烟一边读《泰晤士报》的男人看起来就像个罪犯！"[13]在他的一生中，道奇森始终认为，孩子们的表演应该天真且纯粹。他甚至想基于莎士比亚的作品，为女孩子们创作一部精选作品集，删除剧中较为低俗和暴力的内容，以此来保护她们。

道奇森在创作人物方面极富技巧。他为每个人物赋予了特定的性格，同时也很享受人物对话在被大声读出时所发生的转变以及由此为戏剧带来的新的生机。道奇森的语言灵活性也为台词和戏仿的创作带来了生命，而道奇森也尤其喜爱戏仿。例如，19世纪50年代道奇森的叙事歌剧《布拉吉的指南》（*La Guida di Bragia*）就是对铁路指南火车时刻表的戏仿[14]，这不仅表明了道奇森对铁路时刻表的喜爱，也体现出了剧院演绎时间的能力。尽管道奇森的写作功底深厚，但他不确信自己能写出自己渴望的那种剧本。他曾多次劝说在"吉尔伯特与萨利文"合作中声名鹊起的阿瑟·萨利文（Arthur Sullivan）、托马斯·杰曼·里德（Thomas German Reed）、亚历山大·坎贝尔·孟席斯（Alexander Campbell Menzies）和珀西·菲茨杰拉德（Percy Fitzgerald）等帮他将爱丽丝的故事改编成舞台剧，但始终都没有获得成功。他甚至要图书出版商麦克米伦将书中的对话截取出来作为台词，再加上舞台说明，以此可将对话呈现为戏剧对白。

威廉·博伊德和乔治·巴克兰（William Boyd and George Buckland）于1876年制作的名为《爱丽丝的历险：红心王后和消失的馅饼》（*Alice's Adventures; or the Queen of Hearts and the Missing Tarts*）的戏剧是根据《爱丽丝漫游奇境记》改编的

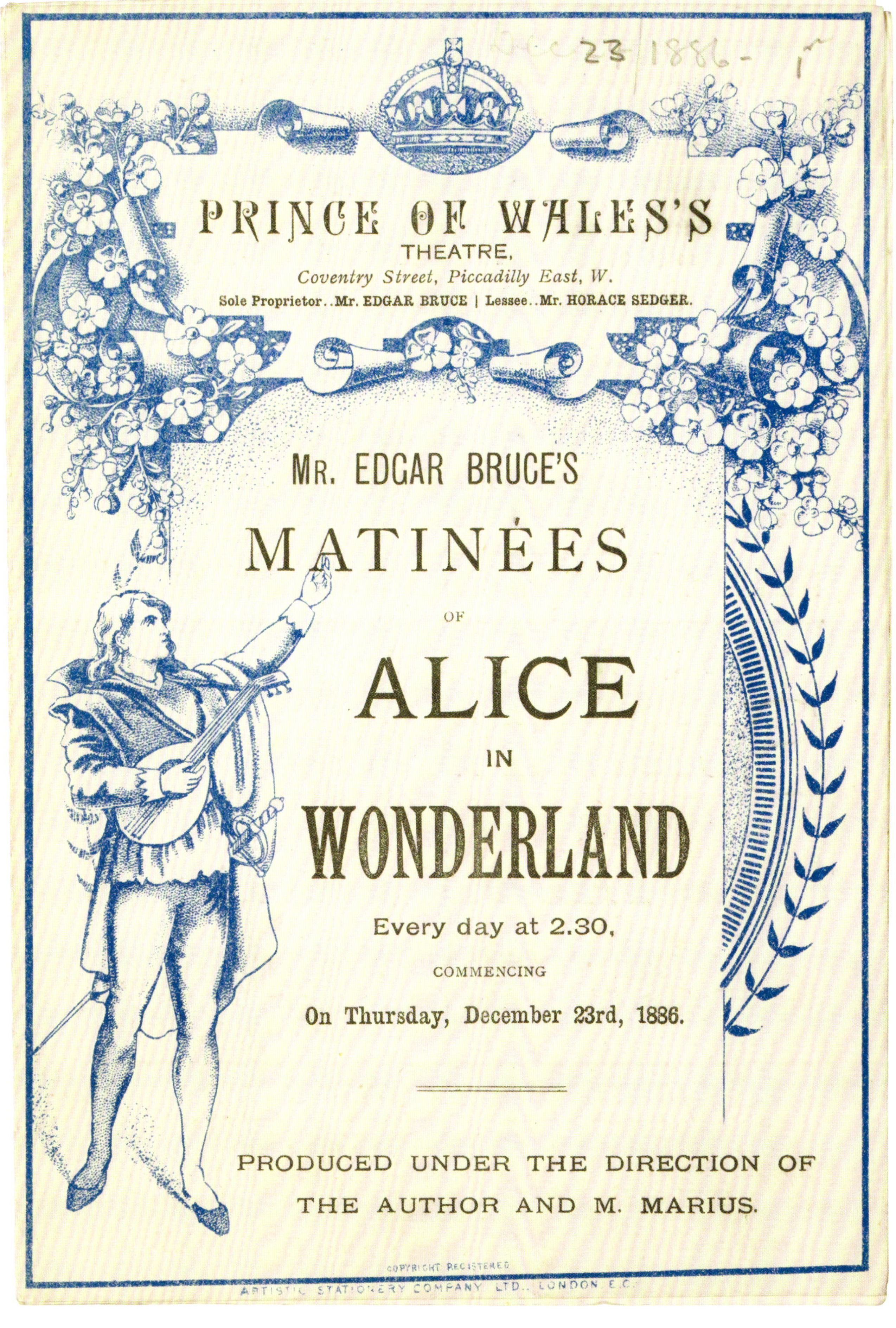

图38
《爱丽丝漫游奇境记》的节目单，威尔士王子剧院，1886年。V&A博物馆，馆藏号：THM/LON/PRI/1886

图39
1899年1月18日，《歌剧团的爱丽丝漫游奇境记》，《素描》（亨利·萨维尔·克拉克1886年作品的新版）。V&A博物馆，馆藏号：THM/LON/OPQ/1898

图40
玛丽·斯图德霍尔姆（Marie Studholme）在亨利·萨维尔·克拉克于1886 年制作的《爱丽丝漫游奇境记》的新版作品中饰演爱丽丝，威尔士王子剧院，1906年。V&A博物馆，馆藏号：THM/PHO/PRO/ALICE/1906

首个授权戏剧。在这个戏剧上演前，道奇森向这个“充满了想象的盛大音乐盛宴”送出了祝福[15]，这部由音乐与讲述为主、以奇幻幻灯片为特点的舞台剧也成为道奇森生命中上演时间最久的爱丽丝戏剧。另外，爱丽丝这个角色在很多童话剧中也出现过，其中包括1883年在德鲁里巷剧院上演的《灰姑娘》和1889年在澳大利亚悉尼皇家剧院上演的《阿拉丁》。[16]

1886年，当时鲜为人知的剧作家、《笨拙》杂志供稿人亨利·萨维尔·克拉克写信给道奇森，希望能获得对爱丽丝故事进行歌剧改编的许可。尽管亨利·萨维尔·克拉克的多次歌剧尝试都以失败告终，道奇森也并不知道他这个人，但令人惊讶的是，道奇森居然同意了他的请求，并提出了一个附加条件——那就是只能改编其中一个故事，而且不能有任何粗糙的滑稽表演，因为他担心这个歌剧会变成一个童话剧。萨维尔·克拉克根据道奇森分开出版发行的两部作品，设计了两幕轻歌剧作为呼应，其中第一幕主要展现《爱丽丝漫游奇境记》，第二幕则集中讲述《爱丽丝镜中历险记》。虽然道奇森并不是歌剧创作团队的一员，但他在作品塑造、提供建议和特定场景的新对白设计中发挥了积极作用，同时还提出了在第一幕和第二幕之间加入《蛇鲨之猎》（*The Hunting of the Snark*）形成三幕式结构建议。这样，饰演爱丽丝的女童演员在两幕之间便能有一些休息时间。

被称为“梦幻戏剧”的《爱丽丝漫游奇境记》于1886年12月23日在伦敦威尔士亲王剧院上演。戏剧一开场，身着一袭朴素白色连衣裙的爱丽丝，在精灵的簇拥下登场（图37—40）。[17]露西恩·贝切（Lucien Besche）的服装灵感来自坦尼尔的插画。《泰晤士报》剧评家评价称这场戏剧“极其优美”，同时还说道：“每一个场景都充满了天真无邪的逗笑和诙谐的谚语，十分有趣。”[18]用《笨拙》杂志的话说，这出戏剧的风靡当然是对“两本原著极好的二次宣传”。[19]

从第一章中坦尼尔笔下爱丽丝从窗帘后向外张望的插画，到“掉手套”（这里说的当然是大白兔的手套）式的经典戏剧技巧，爱丽丝的故事中充满了舞台剧式的文学手法，不断地推动着情节的发展。[20]在故事中，毛毛虫和渡渡鸟都拥有和人类一样的手掌，恰好坦尼尔的插画为这些拟人化动物的舞台服饰提供了借鉴。尽管19世纪的舞台技术多种多样，但没有什么可以和呈现爱丽丝的另一面“镜子”相比。这不是剧院中的舞台，而是电影院中的银幕。

银幕上的爱丽丝

道奇森喜爱使用幻灯片和摄影术，因此也会为充满潜力的电影兴奋不已。电影不仅能够带来全新的特殊视觉效果，还比戏剧更能够触及更多的全球观众。遗憾的是，道奇森没能看到爱丽丝故事的首部改编电影。在道奇森去世五年后，这部由珀西·斯

HUGO MAIENTHAU
presents
RUTH GILBERT
in
"ALICE in WONDERLAND"
with a TREMENDOUS CAST
DIRECTED BY "BUD" POLLARD
ADAPTED FROM
"ALICE'S ADVENTURES in WONDERLAND"
By LEWIS CARROLL
A "BUD" POLLARD PRODUCTION
COPYRIGHT 1931
UNIQUE FOTO FILM
PEPPER
ENRIGHT LITHO CO. N.Y.
HP4187
PRINTED IN U.S.A.

图41
《爱丽丝漫游奇境记》的海报，由巴德·波拉德（Bud Pollard）执导，雨果·迈恩陶（Hugo Maienthau）制作，1931年

图42
《爱丽丝漫游奇境记》的海报，由诺曼·Z. 麦克劳德（Norman Z. McLeod）执导，派拉蒙影业制作，1933年

图43
鲁丝·吉尔伯特饰演爱丽丝，与大白兔、格里芬和假海龟，《爱丽丝漫游奇境记》剧照，由巴德·波拉德执导，由雨果·迈恩陶制作，1931年

托（Percy Stow）与塞西尔·赫普沃斯（Cecil Hepworth）制作的电影首次上映。然而，1903年的这部无声黑白短片向人们表明了电影的巧妙剪辑可以将故事角色带入一个全新的世界（图 44、图45）。运用视觉技巧，可以使得爱丽丝变得忽大忽小，柴郡猫可以在眼前消失或凭空出现，婴儿也可以在一眨眼的工夫变成一只小猪。媒介所带来的可能性意味着需要提前决定哪些故事章节适合在银幕上呈现。观众期待的是什么？可以用什么来呈现这种新技术？同样，电影的特写技术意味着创意团队需要仔细研究哪些场景如何投射在银幕上，尤其是复杂服饰（如狮鹫和龙虾的服饰）究竟如何呈现。在舞台上，人们常常使用纸来粘贴并塑造“大头造型”来代表动物、巨人和食人魔，并在舞台灯光的帮助下，可以营造出令人印象深刻的效果，但镜头和屏幕则要严苛得多，因为这些舞台场景图像会被永久保存。

当然，在这个时期，屏幕上的爱丽丝并未能同步搭配声音。但随着技术的进步，电影制作人雨果·迈恩陶雇用了厄文·博林（Irving Berlin）为自己1931年的电影谱写了主题曲。雨果选用了卡罗尔的名言来阐释有声电影的进化式发展，也就成了顺理成章的事儿。观影者可以看到这些：

来吧，如果你在意的话
我们会带你去那里
你要做好准备
成为一个读故事的孩子
在故事中，小女孩和她的猫咪一起坐在炉火旁
就在很久以前写的故事中

当时，两部关于爱丽丝的文学作品都已经发行了半个多世纪。从电影台词的叙述就能看出，作品内容已被观众们熟知。确实如此，即使是宣传海报也突出了电影是对原著的改编。在海报中，爱丽丝似乎是把一个个角色从书中摇晃出来，呈现到观众的面前（图 41）。

对于“爱丽丝”系列故事而言，20世纪30年代是十分重要的一个时期。根据爱丽丝故事改编的首部有声电影在卡罗尔百年诞辰的前一年进行了首映。此外，爱丽丝故事的原型——爱丽丝·哈格里夫斯也在1932年获得了纽约哥伦比亚大学的荣誉学位。她亲自从英国赶赴美国，出席了学位授予典礼（见第206—207页）。她的这次行程在美国引起了极大的轰动，许多人希望利用她所带来的媒体影响力，借势报道。

虽然1931年的电影《爱丽丝漫游奇境记》没能打破当年的票房纪录，但派拉蒙影业公司已在投入制作另一部改编电影。和前一部一样，这部电影在海报中也包含了一本书，同时沿用了如今已耳熟能详的“爱丽丝漫游奇境”这个名字，它同时也是第一部舞台剧名（图 42）。道奇森在有生之年曾说过：“我觉得，任何真实世界里的孩子都不会喜欢混杂的故事。”[21]但如今，多数舞台剧和银幕剧都会挑选故事中的角色和章节，将它们重新糅合，创造出一个混杂的“奇境”。1933年的电影同样采用了这种方式，但角色分配上采用了一种全新的方法。正如官方电影预告中所说的那样：

她是数代人生活在故事书中的共同记忆
她拥有众多的喜爱者，他们不分年龄
如今，派拉蒙将让她重新焕发光彩
世界最伟大的故事，
由世界最强演员阵容演绎！

由娱乐界知名大咖参演是最大化利用原著以及演员知名度的一种策略，这打开了一种新局面，那就是由能够塑造银幕角色的知名演员来参演这部电影。在这部电影中，由加里·格兰特（Cary Grant）和加里·库珀（Gary Cooper）分别饰演假海龟和白骑士；由夏洛特·亨利（Charlotte Henry）饰演爱丽丝，她可是从6,000位年轻候选女演员中挑选出来的（图 48）。另外，受到弗洛莉达·弗里布斯（Florida Friebus）和伊娃·勒·加利纳（Eva Le Gallienne）在1932年获得一定的商业成功的百老汇戏剧的影响。因此，这部电影的制作也备受瞩目，以至于同时期的沃尔特·迪士尼影业公司也被迫暂缓了自己的改编计划。这部电影看起来似乎已经万事俱备，必定能够获得成功，但是评论家对它的评价却褒贬不一。《纽约时报》评论称：“这部电影十分令人满意，但是它剧情推进

图44
《爱丽丝漫游奇境记》剧照，由塞西尔·赫普沃斯和珀西·斯托执导，1903年

图45
梅·克拉克饰演爱丽丝，《爱丽丝漫游奇境记》，由塞西尔·赫普沃斯和珀西·斯托执导，1903年

图46
鲁丝·吉尔伯特饰演爱丽丝，《爱丽丝漫游奇境记》，由巴德·波拉德执导，雨果·迈恩陶制作，1931年

图48
夏洛特·亨利饰演爱丽丝，《爱丽丝漫游奇境记》，由诺曼·Z.麦克劳德执导，由派拉蒙电影公司制作，1933年

图47
卡罗尔·马什饰演爱丽丝，正在走过法国版《爱丽丝漫游奇境记》（*Alice au pays des merveilles*）剧中的场设，由达拉斯·鲍尔、卢·布宁和马克·莫雷特执导，卢·布宁制作公司制作，电影大联盟，1949年

不自然，品质不如伊娃·勒·加利纳监制的舞台剧……。电影中的场景很少能让人感受到在读《爱丽丝漫游奇境记》和看坦尼尔插画时产生的那种愉悦。”[22]《综艺》杂志评论道：“电影从各种奇特的角度，生动再现了原著角色。剧中的诙谐且贴近原著，文学处理也令人满意。但是，1个小时零15分钟的电影太过平淡了。”[23]

《爱丽丝漫游奇境记》的真人版电影之所以受到指责，部分原因在于令人失望的表演，[24]而后来的其他改编则采取了不同的方法。卢·布宁（Lou Bunin）和达拉斯·鲍尔（Dallas Bower）于1949年推出的《爱丽丝漫游奇境记》中许多角色都使用了定格木偶戏。而就在这十多年前，由贝蒂娃娃（Betty Boop）主演的《贝蒂游谬境记》（*Betty in Blunderland*）和由米老鼠（Mickey Mouse）主演的《爱丽丝镜中奇遇记》分别在1934年和1936年首映。由于派拉蒙影片公司制作的前车之鉴，沃尔特·迪士尼继续深挖爱丽丝故事内容，决定搁置真人电影，推出一部在影院上映的卡通短片《爱丽丝镜中奇遇记》，随后这部电影又创造了一部成功艺术电影的记录。

随着工作最初于1933年前后开始，并于1939年采用英国工作室艺术家戴维·霍尔（David Hall）的图形标志形成了一个概念。随后，由于第二次世界大战爆发，所有制作工作被迫停止。霍尔从坦尼尔的插画中获得了灵感，但大卫的艺术作品反映了对人物更深入、更怪诞的诠释。1988年，捷克电影制作人简·斯万马杰（Jan Švankmajer）使用了定格动画（图 49）。然而，迪士尼并不真的赞成这样的故事渲染，并急切地想确保他制作的第十三部动画长片能够获得成功。

沃尔特·迪士尼工作室所遇到的困难之一，就是如何强有力地叙述故事情节，就连道奇森自己也为之绞尽脑汁。他写道：“《爱丽丝漫游奇境记》和《爱丽丝镜中历险记》几乎全部是由零零碎碎的东西和其自己产生的独立构思组成的。”[25]不仅如此，由于不同的导演负责不同的场景，因此电影变得越来越片段化，越来越缺乏凝聚力。虽然这是改编舞台剧的一大优势，但这两本书的情节性质，加上大量的材料，对于构建一部完整长度的故事片来说是一项挑战。然而，当《灰姑娘》（1950年）和《小飞侠》（1953年）的概念艺术家玛丽·布莱尔（Mary Blair）被任命为这个项目的成员时，她受一次南美之旅的启发，促成了大胆、明亮、浑然一体的色彩艺术作品。很多案例证明，霍尔的绘画因其丰富的细节不利于动画师的创作，而布莱尔的色块和简单的图案则能够有效地传达画面色调、人物性格和动势（图50，图51）。

为了帮助捕捉某些场景的自发性和活力，工作室录制了演员对剧本的即兴发挥，并以此作为参考。艾德·韦恩（Ed Wynn）参与了相关录制。韦恩是一名著名的杂技演员，他曾为疯帽子配音。韦恩在迪士尼制片厂里单独排练了茶会场景中的一些片段，并与其他艺术家们一起研究探讨。最终，电影里使用这一临时记录的片段，因为后续的任何录音均未如此真实地捕捉到表演的活力和氛围。

在这部影片制作过程中，许多知名人士都常驻迪士尼制片厂，包括超现实主义艺术家萨尔瓦多·达利（Salvador Dalí）和作家阿道斯·赫胥黎（Aldous Huxley）。最终，迪士尼拒绝了赫胥黎于1945年的真人版电影剧本，因为其“太过文学化”（见第213页）。迪士尼制片厂回归到纯动画的情节结构，融合了《爱丽丝漫游奇境记》和《爱丽丝镜中历险记》。然而，赫胥黎和达利的影响最终贯穿了整部电影，正如迪士尼希望通过音乐的方式来讲故事，以此作为画面框架并推动情节的叙述。

图49
《给爱丽丝的物品》剧照，由扬·斯万克马杰执导，由秃鹰功能、电影四国际、赫西舍·伦德芬克制作，1988年

1944年，在电影制作之前，迪士尼和迪卡唱片公司（Disney and Decca Records）发行了一张专辑，由金吉·罗杰斯（Ginger Rogers）饰演爱丽丝，专辑封面上是霍尔的艺术作品，唱片公司为电影创作了新歌以及几乎所有的配乐。虽然这部电影在1951年产生的影响未达到迪士尼的期待，但在20世纪70年代的再次发行完全符合当时的迷幻时代精神（见第172至177页），加上20世纪80年代的进一步发行和电影家庭版的出现，迪士尼的《爱丽丝漫游奇境记》变成了一部深受欢迎的现代经典。家庭版电影意味着迪士尼改编的电影可以随时观看，而且还带来另一个好处——不再仅仅依赖于阅读记忆去获取故事内容。迪士尼的动画预示了爱丽丝故事（现在通常被称为《爱丽丝漫游奇境记》）的新时代，商品化和销售运作不断延续爱丽丝的形象和其他主人公的吸引力。比如从那时起，她的连衣裙就是蓝色的，一头金色长发（图52）。而且，如《非生日快乐歌》（*The Unbirthday Song*）和大白兔的《我迟到了》（*I'm late*）一类的音乐剧也以与卡罗尔的原创文字成为英国文学的一部分。

图50
玛丽·布莱尔为《爱丽丝漫游奇境记》创作的概念艺术，由沃尔特·迪士尼制作公司制作，1951年。沃尔特·迪士尼动画研究图书馆

图51
玛丽·布莱尔为《爱丽丝漫游奇境记》创作的概念艺术，由沃尔特·迪士尼制作公司制作，1951年。沃尔特·迪士尼动画研究图书馆

图52
迪士尼工作室艺术家，《爱丽丝漫游奇境记》单帧动画设定，由沃尔特·迪士尼公司制作，1951年。布莱恩·西布里和大卫·威克斯的收藏

英国文学中没有哪个故事比刘易斯·卡罗尔的《爱丽丝漫游奇境记》更让我感兴趣了……卡罗尔是文学领域的革命者。他以一种幻想和荒谬的风格创作《爱丽丝漫游奇境记》，与严肃的维多利亚时代的传统背道而驰。事实上，他是当今卡通电影和连环画的领跑者……

——沃尔特·迪士尼，电影制片人，《美国周刊》，1946年

舞台上的奇境

爱丽丝系列作品无论是作为一本书还是一部电影在全球都大受欢迎，也正因此，许多道奇森故乡的戏剧公司都把《爱丽丝漫游奇境记》作为他们全年剧目或季节节目中不可或缺的一部分，也视其为英格兰文化遗产的标志。不过，他们经常更忠实地还原坦尼尔的插图设计，而不是道奇森的文字（图 53）。在20世纪之前，早期脱离了故事起源的改编，爱丽丝、大白兔、疯帽子、双胞胎兄弟、毛毛虫、柴郡猫和红桃皇后等人物已经成为有代表性的文化形象，爱丽丝成为演员和作家以无数方式诠释、改编并欣然接受的载体。复活节和圣诞节的哑剧《爱丽丝漫游奇境记》越来越受欢迎，在巡回演出中喜剧演员弗兰基·豪尔德（Frankie Howerd）等名人欣然与商业制作人合作，鼓励第一次去剧院的人观看一部经过反复尝试和多次锤炼的叙事性作品（图55）。

在英国，皇家莎士比亚剧团、英国国家芭蕾舞团和皇家国家剧院都曾上演过这个故事的不同版本，使其与《绿野仙踪》《彼得·潘》一起成为当代家庭经典。他们都是一种情节式的奇幻故事，将爱丽丝、桃乐茜或温迪从她们原本的环境中剖离出来，使这些年轻的女孩们在回家之前接触到万千新世界。

图53
格拉迪斯·卡斯洛普（Gladys Calthrop），《爱丽丝漫游奇境记》和《爱丽丝镜中历险记》中爱丽丝和红心女王的服装设计。斯卡拉剧院。伦敦。1943年，V&A博物馆，馆藏号：S.556-2012，S.616-2012，格拉迪斯·卡斯洛普遗赠

图54
保罗·威尔逊（Paul Wilson），基思·贝克特（Keith Beckett）饰演疯帽子的照片，《爱丽丝漫游奇境记》，伦敦节日芭蕾舞团，1953年。V&A博物馆，馆藏号：THM/PHO/PRO/ALICE/1953

1855年在考文特花园观看了《伊娃》（*Eva*）的演出后，道奇森说：“我再也不想看芭蕾舞了”。[26]尽管如此，芭蕾舞界也热情地接受了他的创作。2010年，英国皇家芭蕾舞团与加拿大国家芭蕾舞团合作，进行了十多年来的首次大规模演出，其中爱丽丝被选为主题。编舞克里斯托弗·惠尔登（Christopher Wheeldon）很喜欢这个故事，特别是在当时艺术形式被认为正在消亡、脱离现实、有些过时的背景下，这个故事在大众中很受欢迎，因此为剧团提供了向新受众介绍芭蕾舞的机会。《爱丽丝》之前的芭蕾舞版本是受伦敦节日芭蕾舞团（1989年改名为“英国国家芭蕾舞团”）委托制作的，其中包括1953年迈克尔·查恩利（Michael Charnley）的作品，1995年德里克·迪恩（Derek Deane）的作品，苏·布兰（Sue Blane）设计的纸牌芭蕾短裙，以及组合了柴可夫斯基（Tchaikovsky）不同作品的配乐（图54、图56）。[27]

1983年，北方芭蕾舞团在编舞露丝玛丽·赫利维尔（Rosemary Helliwell）的指导下制作了一个新版本。这些作品尊重古典，但惠尔登从所有舞蹈流派汲取了灵感。想要采纳许多形式和风格，就要在承认传统的同时采纳当代元素。

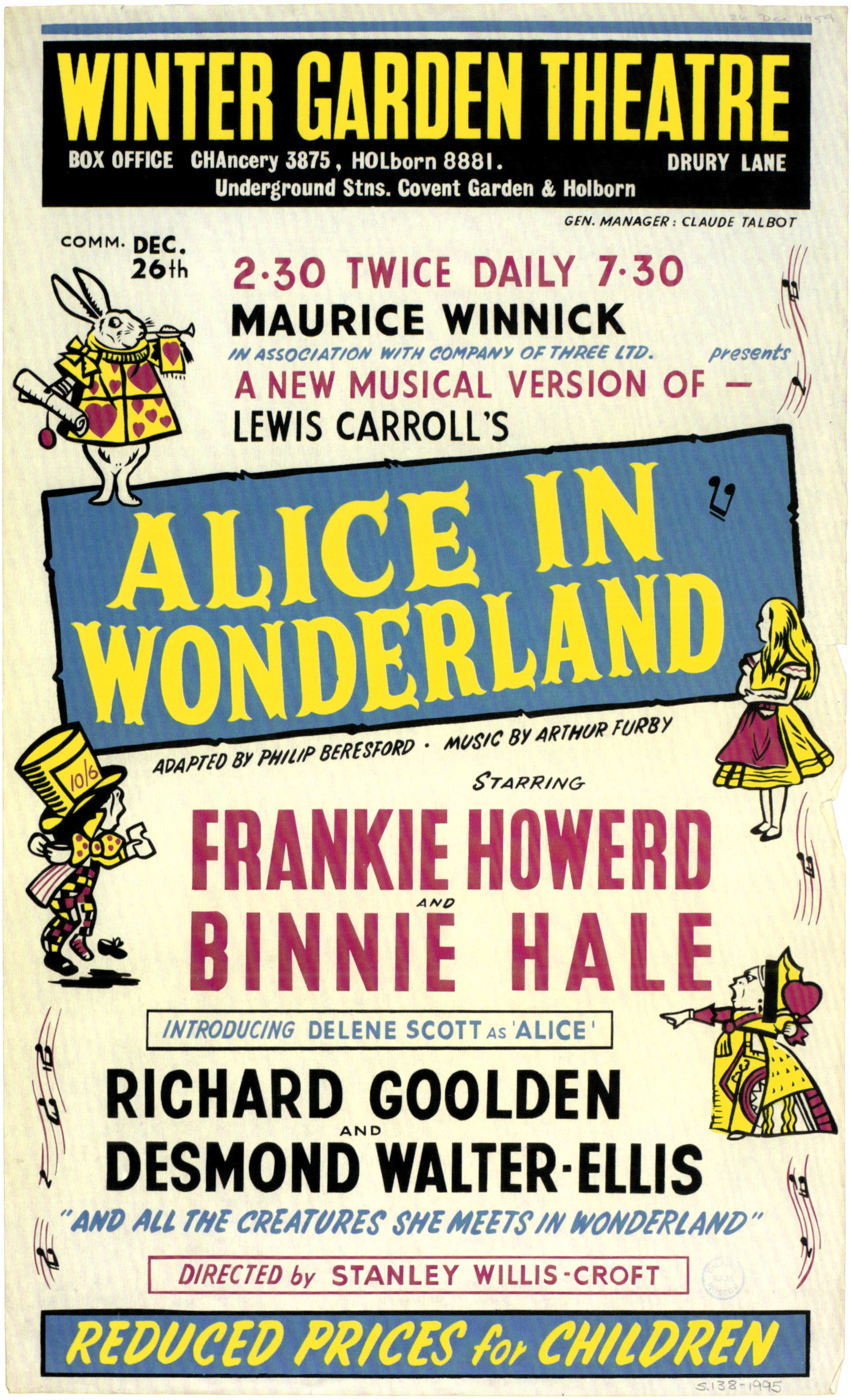

图55
《爱丽丝漫游奇境记》海报，冬日花园剧院，伦敦，1959年，V&A博物馆，馆藏号：S.138–1995

图56
《爱丽丝漫游奇境记》海报，皇宫剧院，曼彻斯特，1995年，V&A博物馆，馆藏号：S.218–2019

图57
鲍勃·克劳利（Bob Crowley），《爱丽丝漫游奇境记》中红心女王的服装设计，伦敦皇家歌剧院，2011年

图58
泽奈达·亚诺夫斯基（Zenaida Yanowsky）饰演红心女王，鲍勃·克劳利为红心女王角色做的服装设计，《爱丽丝漫游奇境记》，伦敦皇家歌剧院，2011年

图59
鲍勃·克劳利作品，为“疯帽子的下午茶”做的场景设置模型，《爱丽丝漫游奇境记》，伦敦皇家歌剧院，2011年

将爱丽丝的故事改编成芭蕾舞剧给编舞带来了挑战，因为表演者没有说话的机会。设计师鲍勃·克劳利（Bob Crowley）透露，他认为惠尔登（Wheeldon）改编这个故事“完全是疯了”，并质疑“用基本上是文字游戏的作品来创造出舞蹈作品”的可能性。[28] 但惠尔登聘用克劳利（Crowley）是因为他有设计音乐剧舞台效果的经验，还有作曲家乔比·塔尔博特（Joby Talbot），他在创作电影配乐方面很成功。这部芭蕾舞剧采纳音乐剧的元素来想象爱丽丝融入书中，文字则是该剧设计的一部分（图59），通过音乐传达气氛和情感。尼古拉斯·赖特（Nicholas Wright）创造了一个新的叙事框架，包括刘易斯·卡罗尔变成大白兔以及爱丽丝和成为红心武士的园丁儿子的爱情故事。

《爱丽丝漫游奇境记》的情节结构使得每个人物或场景能够吸纳如混合了美国音乐、英国哑剧和维多利亚时期的音乐厅风格的新形式。在向吉恩·凯利（Gene Kelly）致敬的踢踏舞《疯帽子》之后，巴斯比·伯克利（Busby Berkeley）式的万花筒似的舞蹈设计紧随而出。红桃皇后的玫瑰柔板演绎，赞美且模仿了《睡美人》，穿着异性服装的女公爵最初由演员西蒙·拉塞尔·比尔（Simon Russell Beale）扮演，这是为了尊重哑剧《女爵士》和芭蕾舞剧的易装癖角色的传统。惠尔登从多种形式中汲取了灵感，为了向21世纪的观众呈现文字所表达的意境，惠尔登利用舞蹈表演和《爱丽丝漫游奇境记》丛书的优势制作了一部新的作品。此后，该作品一直在世界范围内频频上演（图57，图58）。

爱丽丝的故事为有创造力的实践者提供了大量的机会。他们不仅要在改造中追求新的影响力，而且永远要采用最新技术来制造出震撼人心的奇观和梦幻般的幻想。1994年，英国皇家剧院已经推出了一个探究爱丽丝·李道尔和道奇森之间的关系的版本，并于2015年与曼彻斯特国际艺术节联合制作了《奇·境》。这部剧灵感来自互联网，这是继图书出版、舞台表演和电影媒体之后的最新大众传播形式。

谈到制作的开始，导演鲁弗斯·诺里斯（Rufus Norris）回忆说："戴蒙（Damon）——这里指作曲家亚邦（Albarn）——拿出手机，指着屏幕，说：'这是兔子洞。'这就是开始。"[29]创意团队相信，他们的诠释将以新的方式在线上与年轻人对话，同时也使人们能够探索现代最重要的发明的更险恶的一面。凭借爱丽丝风格的化身，主角艾丽（Aly）沉浸在《奇·境》的游戏中，以此作为一种应对校园霸凌和家庭紧张关系的方式。在这个生动、激烈的网络世界里，她与一群像卡罗尔一样不适应周围环境的人交朋友，并与邪恶红桃皇后校长进行斗争，与场景中呈现现实生活的单调和黑白画面形成对比。《奇·境》中大量使用设计来传达互联网时代的新审美观以及最新的舞台技术，包括光雕投影。

在《奇·境》中，艾丽是故事的核心。作家莫伊拉·布菲尼（Moira Buffini）称其为"没有情节的故事"。[30]此类框架能够探索新的讲述方式，同时使现有的人物能够与新剧本的情节交织在一起。受陈志勇（Shaun Tan）的漫画小说和坦尼尔的插图启发，布景设计师雷·史密斯（Rae Smith）运用了类似于《绿野仙踪》的方法，从而使沉闷、灰色、平凡的现实突变成具有技术色彩的、令人兴奋的另类世界（图63），《奇·境》的投影设计师莱桑德·阿什顿（Lysander Ashton）拒绝常用于传达"高科技"的几何线框方法，而是采纳微生物的"奇异的水下世界"，[31]这与道奇森对镜头和技术的热爱是一致的。服装设计师卡特里娜·林赛（Katrina Lindsay）横跨两个世界，她的目标是"在我们熟识的标志性人物基础上进行创作，将其放入充满虚拟图像的数字世界中"（图 60）。[32]艾丽的爱丽丝形象显然受到了诸如亚历山大·麦昆（Alexander McQueen）级别的时装设计师影响，她的空中漫步鞋像极了馆鼻则孝（Noritaka Tatehana）的设计，也是嘎嘎小姐（Lady Gaga）最爱的鞋子（图 62）。在大白兔的最终服装设计中可以看到其他时装品牌的影子，让人不禁联想起加勒斯·普（Gareth Pugh）于2006年推出的"秋冬成衣"系列（图61）。《时尚》杂志称赞该设计是"一个时尚的高光时刻"。林赛说，这些服装的表达方式"与贝壳非常有关"。[33]由于互联网和社交媒体使青少年能够在网络面具背后探究真实身份，因此，今天的年轻人有了新的方法来回答爱丽丝的问题："我究竟是谁？"[34]这些问题在蒂姆·伯顿（Tim Burton）于2010年执导的电影《爱丽丝漫游奇境记》中得到了呼应。这部电影让爱丽丝从维多利亚时代的束缚中解放出来，并为她提供了战斗盔甲来对抗"扎勃沃龙"（Jabberwocky）。编剧琳达·伍尔弗顿（Linda Woolverton）表示："在电影中描绘意志坚强、被赋予权力的女性真的很重要，因为妇女和女孩需要这样的榜样。"[35]

图60
卡莉·鲍登（Carly Bawden）饰演爱丽丝，约书亚·莱西（Joshua Lacey）饰演《奇·境》中的大白兔。皇家国家剧院，伦敦2015年。服装设计，卡特里娜·林赛，设计雷·史密斯

图61
加勒斯·普，成衣设计，伦敦，秋冬季，2006年

图62
卡特里娜·林赛的服装设计和卡罗尔·汉考克（Carole Hancock）为爱丽丝制作的假发。《奇·境》，伦敦皇家国家剧院，2015年，藏于国家剧院服化妆部的装和假发、头发

图63

雷·史密斯，《奇·境》第一幕的分镜头脚本设计，皇家国家剧院，伦敦，2015年

FABULOUS
FALLING
ACT 1
LOWRY
The DRUDGE
supermarket
THE
HOLE
Bus Stop man.
Milk shelf.
YOUR MUM
TICK TOCK
NETWORK
DADS ROOM
DINA KITTY MARIANNE ALI
ROOMS
Ms. Manx!
GAME MUSIC
OH CHILDREN
COINS REPRISE
GAME ZOETROPE CAROUSEL
BED / KITCHEN / SCHOOL BUS
ASSEMBLY
LONELY
IN CLOVER
CHANCES
SLOSH
(ZOMBIE SWARM) all exits
TRAVEL from SCHOOL to TEASHOP.
SPOON CHORUS. CAT. Ms Manx chases ALICE. Bianca+Charlie
CATERPILLAR. POLICE CHASE MAT. KEYSTONE COPS CHASE
BIG BOUNCING RABBIT

爱丽丝的镜中奇遇

我们可以通过许多镜头来审视爱丽丝。事实上，20世纪后期出现了各种各样的改编，把“奇境”当作另类世界的隐喻重新加以想象与创作。“奇境”映射了英国的法庭和王室的政治体系，提供了一个权力的等级制度如何发挥作用的思考机会，有如爱丽丝试图理解一种新的秩序，或者更确切地说是一种无序的体系。

第一个以这种方式拥护爱丽丝的组织是“妇女参政运动”（Suffragette movement）。女演员特许经营联盟（Actresses' Franchise League）和女性作家选举权联盟（Women Writers' Suffrage League）的午后场作品《爱丽丝游雄鹅国记》（*Alice in Ganderland*，1911年）成为其同工同酬运动的一部分，其中有爱丽丝每隔一天就收到两便士的工资和果酱的情节，也模仿了《爱丽丝镜中历险记》中爱丽丝与白皇后的对话：

> “三月兔：但其实很简单。你没有收到果酱。只是有人答应给你果酱。在政治上，一个承诺的价值与它赢得或失去的选票数量完全吻合。
>
> 爱丽丝：就是这样，你看，我就没有投票权。
>
> 三月兔：这样啊，那你想要什么，我就承诺给你什么。”

图64
“爱丽丝在鲁莽之地，爱丽丝与格里芬和豪宅海龟”，刊登在《笨拙》，1880年10月30日

图65
马丁·罗森（Martin Rowson），
《爱丽丝在桑德兰》，登于
《卫报》，2016年10月29日

图66
《爱丽丝在布伦德兰或污染解决方案》，
皇家剧院楼上席位节目单，1973年
V&A博物馆，馆藏号：THM/LON/
ROCT/1973

UNITY
THEATRE

Goldington Street, N.W.1 Euston 5391

Nearest Stations: King's Cross and Mornington Crescent Trolley Buses: 513, 613, 615, 639

Unity's Victory Musical Show

ALICE IN THUNDERLAND

BY BILL ROWBOTHAM
PRODUCED BY BERNARD SARRON

Every Thursday, Friday,
Saturday & Sunday
at 7.30

Printed by PERRY COLOUR PRINT LTD S.W.15

S JOHN WOODS

政治讽刺和爱丽丝之间的关系是复杂的，这点不仅体现在坦尼尔曾就职过《笨拙》杂志的经历，也有一部分反映在了他创作的爱丽丝插图中。例如，疯帽子可能是政治家本杰明·迪斯雷利（Benjamin Disraeli）的化身[36]。坦尼尔似乎在他的爱丽丝艺术中插入了政治内容，但他也夸张地演绎了自己的作品。与坦尼尔同时斯的建筑师霍勒斯·琼斯（Horace Jones）设计的圣殿纪念塔，以伦敦市的盾形纹章为灵感，并设计了狮鹫形的龙雕塑，建成后给该区域造成了严重的交通堵塞。而坦尼尔画的一幅题为《爱丽丝在鲁莽之地》（*Alice in Blunderland*）的插画，利用爱丽丝、假海龟和狮鹫兽，正是讽刺了这一情况（图64）。

从奇境到雄鹅国，再到鲁莽之地，许多改编作品都利用了喜剧的元素，将熟悉的人物带到新的情境中，或者说编剧、导演和插画家将爱丽丝带到充满相似人物设定的平行宇宙中。1902年戏仿作品《克拉拉在鲁莽之地》（*Clara in Blunderland*）讽刺了第二次布尔战争，并将内维尔·张伯伦（Neville Chamberlain）塑造成红桃皇后，将温斯顿·丘吉尔（Winston Churchill）塑造成毛毛虫，自由党领袖亨利·坎贝尔-班纳曼（Henry Campbell-Bannerman）塑造成"笨笨颠颠"（Crumpty-Bumpty），这一暗讽手段至今仍然有效。最近的讽刺漫画将美国总统唐纳德·特朗普（Donald Trump）塑造成"蛋头先生"（Humpty Trumpty），并将英国政客奈杰尔·法拉杰（Nigel Farage）、鲍里斯·约翰逊（Boris Johnson）和利亚姆·福克斯（Liam Fox）重新塑造成了双胞胎兄弟形象，讽刺他们都是"半斤八两"的政客（图65）。

第二次世界大战期间，受爱丽丝相关文学作品启发而创作的作品尤其丰富，无论是出于政治讽刺还是政治鼓动目的。战后，政治团体"合一剧院"利用《爱丽丝漫游奇境记》的故事来强调工人工会的重要性。1945年的《爱丽丝雷区历险》（*Alice in Thunderland*）是在英国大选时推出的，它以该公司之前的短片《恶意人游海盗乐园》（*Malice in Plunderland*）为基础，表现了爱丽丝经历的施粥场、住房计划、操纵板球比赛以及饮茶争论等桥段。政治立场上体现的则是印度、俄罗斯、蓝红阵营的混合体（图67）。之前因为同事邦尼（Bunny）去参加工会会议而和爱丽丝吵了一架，在经历了雷区的混乱和不公平待遇后，爱丽丝很快意识到作为一名工会成员的价值。在演出的结尾，邦尼提醒观众："未来比过去更重要。"[37]

用"爱丽丝"作为一个熟悉的符号，作者们能够为任何社会提供隐喻，警告观众可能会发生什么，劝诱他们或使他们能够与爱丽丝一起改变。正如女公爵所说："每件事都有寓意，只要你愿意找到。"[38]在这些作品中，观众们变成了爱丽丝，为了一个更美好的世界而与腐败的社会做斗争。但爱丽丝的力量也遭到了谴责和审查。有报道称，英国电影审查委员会拒绝给《爱丽丝漫游奇境记》（*Alice au pays des merveilles*）颁发电影执照，原因是红桃皇后和维多利亚女王长得太像了。政治也是其他审查制度的根源，其中受影响最严重的一部作品是巴勒斯坦自由剧院于2011年推出的作品，它被认为对学龄儿童来说是"不道德的"作品。该剧的导演朱利诺·梅尔·哈米斯（Juliano Mer Khamis）想要探索他所谓的"女性职业"。这部作品用爱丽丝的故事来审视诸如包办婚姻、头巾制度、同性恋和未婚夫妇之间的关系等尖锐的社会话题，以此来理解和揭示许多观众所经历的情感和心理创伤。[39]

在马克西姆·季坚科（Maxim Didenko）于2018年改编的作品《跑吧，爱丽丝，快

图67
《爱丽丝雷区历险》海报，合一剧院，1945年，V&A博物馆，馆藏号：THM/9/4/3/7

跑》(*Run, Alice, Run*)涉及当代俄罗斯社会的治理、控制、自由和身份等备受争议的话题。该作品描绘了一个反乌托邦的世界。在这个世界里，红桃皇后禁止一切，而爱丽丝被指控犯有一项未指明的罪行，并被剥夺其法律诉讼权(图69)。为了纪念演员、诗人和音乐家弗拉基米尔·维索茨基(Vladimir Vysotsky)80周年诞辰，莫斯科塔甘卡剧院上演了这部作品。该作品是从维索茨基于1977年推出的专辑《爱丽丝漫游奇境记》中获得的灵感，也是对社会遵从和艺术自由的评论，回应了俄罗斯的政治局势和对戏剧导演基里尔·谢列布伦尼科夫(Kirill Serebrennikov)的审判，因为该导演被政府指控挪用了文化基金。正如季坚科所解释的："(法庭)是另一种剧院。你去衣帽间，坐下，聆听，然后离开。这就像是一场打断现实的、非同一般的表演。"[40]

爱丽丝的故事始终是一个全球性的故事。出版一个多世纪以来，不仅这些故事被重新创作和评价，而且其背后的线索也被置于聚光灯下。罗伯特·威尔逊(Robert Wilson)、汤姆·维兹(Tom Waits)和保罗·施密特(Paul Schmidt)的歌剧《爱丽丝》(图68)，以及丹尼斯·波特(Dennis Potter)的电影《梦童》(图114)探究了爱丽丝·李道尔和查尔斯·道奇森(Charles Dodgson)之间的关系，而约翰·洛根(John Logan)的戏剧《彼得和爱丽丝》(图115)则编织了孩子们之间的对话，并激发《梦幻岛》和《奇·境》的创作灵感。

图68
巴娜芙茜·霍尔玛兹蒂(Banafshe Hourmazdi)、比安卡·克里尔(Bianca Kriel)、斯特凡妮·马拉查茨(Stefanie Mrachacz)和穆罕默德·阿泰西(Mehmet Atesci)表演歌剧《爱丽丝》，卢泽纳剧院，卢塞恩，2013年。罗伯特·威尔逊、汤姆·维兹和保罗·施密特制作的新版演出作品，1992年

图69
达里亚·阿夫拉廷斯基亚（Darya Avratinskya）饰演爱丽丝，《跑吧，爱丽丝，快跑》，塔甘卡剧院，莫斯科，2018年

再来一次！

如此启发灵感的文字受到各种各样的创新者的欢迎是不足为奇的：从布莱恩·伊诺（Brian Eno）、曼哈顿项目、陈银淑（Unsuk Chin）和田野与合拍剧团（*Théâtre de Complicité*）的改编，到挑战气候变化的版本，比如《爱丽丝在布伦德兰或污染解决方案》；再或娱乐系列，比如格拉斯哥的圣诞哑剧《爱丽丝游格拉斯哥》（*Alice in Weegieland*）（图70，图71）。爱丽丝的故事是一个现代寓言故事，它带来了对现实的逃离，提供展开想象的空间。书中暗含着对奇观、荒谬、讽刺和社会评价的隐喻，编剧、导演和制片人借助了卡罗尔故事的力量，通过舞台和银幕，既为社会各界提供娱乐，也为社会各界传达信息。“普通和非凡”是爱丽丝独有的二元组合，也为改编提供了无限的机会。许多诠释利用最新的技术，力求最大创造性影响力。从受表演影响，到启发表演本身，《爱丽丝漫游奇境记》不断发展、融合、利用和反映表演流派、时尚、技术和文化，同时一直启发着下一代诠释爱丽丝的人及其追随者。

图70
朱莉·威尔逊·尼莫（Julie Wilson Nimmo）饰演毛毛虫凯蒂，黛西·安·弗莱彻（Daisy Ann Fletcher）饰演爱丽丝，达伦·布朗利（Darren Brownlie）饰演红心女王，乔·弗里尔（Jo Freer）饰演多拉，《爱丽丝游格拉斯哥》，特龙剧院，格拉斯哥，2017年

图71
《爱丽丝游格拉斯哥》的海报，特龙剧院，格拉斯哥，2017年，V&A博物馆，馆藏号：S.276—2019

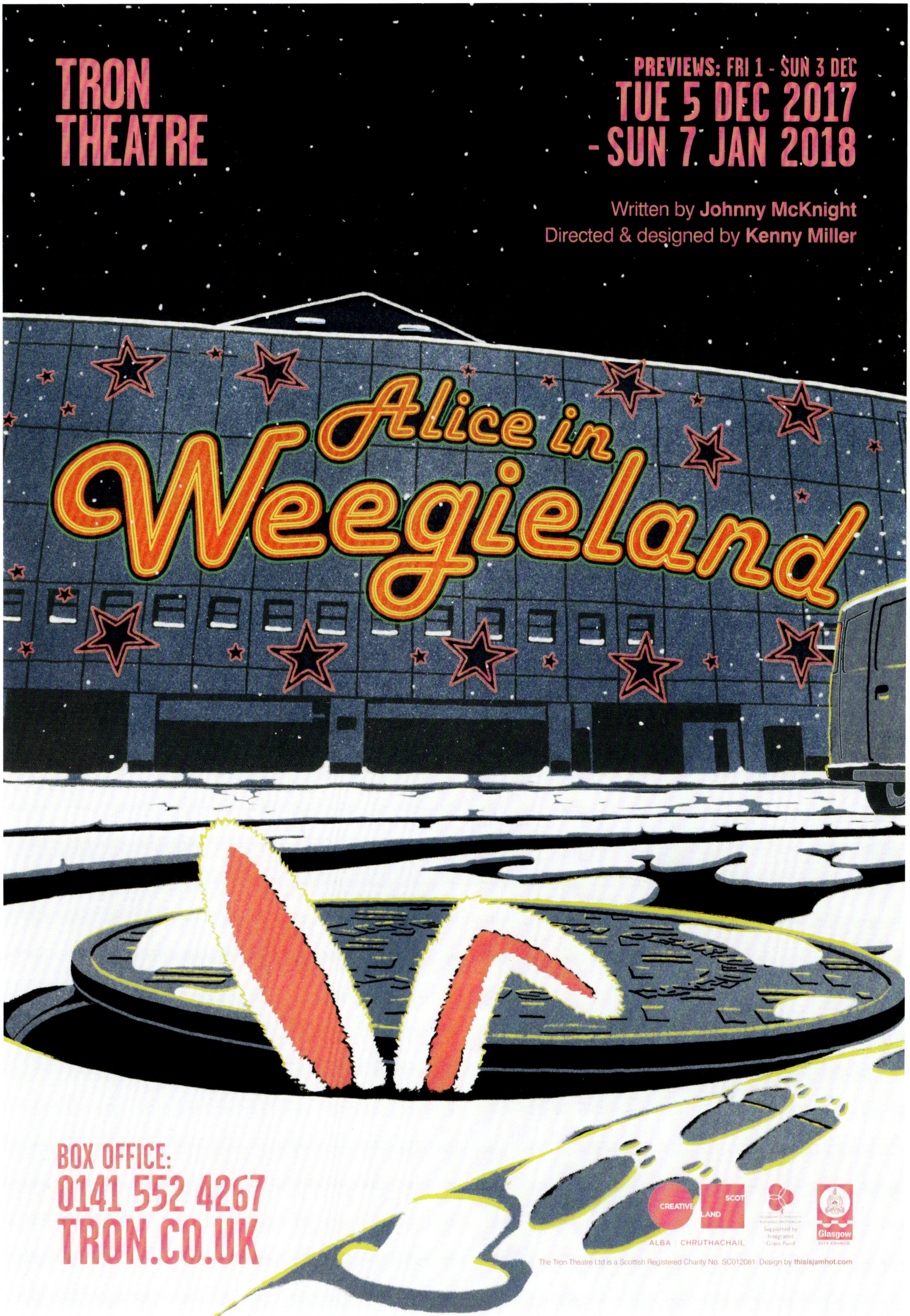

TRON
THEATRE
PREVIEWS: FRI 1 - SUN 3 DEC
TUE 5 DEC 2017
- SUN 7 JAN 2018
Written by Johnny McKnight
Directed & designed by Kenny Miller
Alice in
Weegieland
BOX OFFICE:
0141 552 4267
TRON.CO.UK
CREATIVE SCOTLAND
ALBA | CHRUTHACHAIL
Supported by Integrated Grant Fund
Glasgow
CITY COUNCIL
The Tron Theatre Ltd is a Scottish Registered Charity No: SC012081. Design by thisisjamhot.com

REIMAGINING ALICE

重塑爱丽丝

凯特·贝利（Kate Bailey）

“……我的头越低，就越能发明更多新东西。”

——《爱丽丝镜中历险记》中的白骑士[1]

刘易斯·卡罗尔是一位为我们提供想象力的工程师。他的《爱丽丝》丛书有着实验和质疑的特性，也使其成为融自我发现、实验和创造力为一体的实用手册。没有其他小说作品能像《奇·境》那样激发人们对时间、学科和地点的重新诠释。在该作品创作一百五十多年后，卡罗尔革新的想法和世界公认的形象仍继续为艺术家、设计师、科学家和激进者们开启新的大门。

本章节是为了探究为什么卡罗尔的作品能够为创造性思维提供如此多的灵感，也是对本书中安妮玛丽·比尔克劳和西蒙·斯莱登讨论的文学、戏剧和电影领域见解的无限延展。本章首先聚焦卡罗尔作品成为想象力活动焦点的两个关键时期：20世纪30年代到40年代，超现实主义成为一种突出的艺术力量；20世纪60年代，即跨文化实验时期。从20世纪60年代末到现在，随着新媒体和新技术开阔了我们的视野，爱丽丝在三个领域作为一个主要试金石。本章触及了卡罗尔作品在数字和科学领域的影响，以及对爱丽丝这个人物本身的塑造，无论是作为一种经久不衰的身份，还是作为一个政治事业的名义领袖。这些例子都展示了《爱丽丝的地下奇遇》是如何从一部为一位真实的小女孩编写的手稿转变为横跨不同领域创作的工具。

超现实的爱丽丝

重新定义爱丽丝的过程始于20世纪初，当时卡罗尔的作品被超现实主义者视为灵感来源，大胆而又看似荒谬地讲述了一位女性主人公处于梦幻状态的故事。超现实主义者是一个激进的艺术团体，在第一次世界大战之后，他们致力于通过探索一个不合逻辑的宇宙来改变人们对世界的看法。虽然20世纪早期对爱丽丝的大多数描述都保留了一种原始意象的感觉，即保持了坦尼尔插图的形象，但这些艺术家回到了卡罗尔本人的绘画上，且以此作为他们艺术愿景的前身。超现实主义者们还通过绘画以及后来出现的雕塑媒介，开始尝试在文字中使用强有力的主题和隐喻。

在安德烈·布勒东（André Breton）于1924年发表的超现实主义宣言中，反对“仍然很流行的绝对理性主义，使我们能够只考虑与我们自己的经验直接相关的事实”，并赞美想象力中“毫不留情的品质”，同时指出，“投身于超现实主义的头脑会以炽热的兴奋重现童年最美好的时光。”[2]四年后，布勒东在他的《超现实主义和绘画》（*Le Surréalisme et la peinture*）中特意提到了与毕加索的立体主义有关的爱丽丝。他在文中说道：“每个人都有能力陪伴更加美丽的爱丽丝梦游仙境。”[3]这说明他认为原著仍有

图72
爱德华·布拉，《超现实主义作品》，
纸上水彩，创作于1934年前后。
V&A博物馆，馆藏号：P.6-1960

重新构思和提升的空间。

在布勒东的著述发表后，好莱坞又推出了两部新电影（见第125—129页）；1932年，刘易斯·卡罗尔诞辰一百周年纪念活动；接着，“真正的”爱丽丝（哈格里夫斯，婚前姓李道尔）于1934年去世。这一系列事件使得这一时期爱丽丝在公众意识中的地位有所提高。

在英国，爱丽丝系列图书在视觉艺术中也占有重要地位。在爱丽丝·哈格里夫斯去世当年，也是《第一次超现实主义宣言》发表后的第十年，在英国艺术家爱德华·布拉（Edward Burra）的《超现实主义作品》（创作于1934年前后，图72）中，我们可以看到爱丽丝虚构版本的影子。布拉在这幅画中运用了超现实主义创作手法，描绘了一个处于不合逻辑和令人不安世界中心的女性形象，使平凡变成了非凡。

很快，1936年，刘易斯·卡罗尔亲自为爱丽丝画的插图（与更著名的坦尼尔插图完全不同）在伦敦伯灵顿美术馆的首个超现实主义艺术展览中展出。包括达利和艾琳·阿格尔在内的艺术家们发现，他的文字和插图之间有很强的联系，阿格尔将卡罗尔描述为“时间和想象力的主人……预言未来的人”。[4]他们被望远镜扭曲拉长的爱丽丝所吸引，这与超现实主义的观点一致：“逻辑的终点……逃避我们，……”[5]正如《卫报》当时写道：

> “如果刘易斯·卡罗尔可以创造出一个拥有吸水烟的毛毛虫、愚蠢的巨龙和钻洞的奇怪生物的世界，为什么马克斯·恩斯特（Max Ernst）或琼·米罗（Joan Miró）就不能在绘画中创造类似的世界呢？如果观众只接受有过先例的事物，那么超现实主义者能否援引耶罗尼米斯·博斯（Hieronymus Bosch）和威廉·布莱克（William Blake）作为回应呢？”[6]

直到20世纪40年代，包括马克斯·恩斯特、多萝西娅·坦宁和莱奥诺拉·卡林顿（Leonora Carrington）在内的超现实主义者都是卡罗尔世界的引导者。恩斯特的作品《爱丽丝在1941》中的爱丽丝是一位被困在岩石中的成年女性，他的创作灵感来自他的前女友和创作伙伴卡林顿。两年后，恩斯特的第四任妻子坦宁创作了油画《小夜曲》（*Eine Kleine Nachtmusik*）。在这幅画中，爱丽丝变成了一位“小女孩”（femme-enfant），是批评和破坏的化身。在这件作品中，坦宁直接运用了会说话的鲜花和从一个世界通往另一个世界的门廊等想法。在恩斯特1944年的雕塑作品《国王与王后嬉戏》（*The King Playing with the Queen*）中，恩斯特的长角国王盘旋在王后上方，这与卡罗尔的故事以及现实中的国际象棋游戏的关系形成了鲜明对比。在这种背景下，卡林顿成为墨西哥妇女解放运动的创始成员是很有趣的。这些艺术家根据文本创作了大量复杂且层次丰富的作品，从而奠定了爱丽丝在后弗洛伊德社会中探索个人和心理问题工具的地位（图73至77）。[7]

图73
马克斯·恩斯特，《为一同的仁慈》（*Une Semaine de Bonté*），
雷托-弗索·赫利奥格拉夫，1934年，
V&A博物馆，馆藏号：CIRC.207-1967

图74
多萝西娅·坦宁，《小夜曲》（*Eine Kleine Nachtmusik*），画布油画，1943年，泰特美术馆。1997年，在艺术基金和美国基金的协助下泰特画廊购买，藏品号：T07346

图75
莱昂诺拉·卡林顿，《老女仆》，架上油画，1947年。罗伯特和丽莎·塞恩斯伯里收藏，东安格利亚大学塞恩斯伯里视觉艺术中心

图76
马克斯·恩斯特，《爱丽丝》，1941年，画布上安装画纸油画，1941年，纽约现代艺术博物馆（MoMA）。詹姆斯·塔尔·索比遗赠，获取号1220.1979

图77
马克斯·恩斯特，《国王与女王一起玩》，铜牌制雕塑，1944年（铸造1945年），纽约现代艺术博物馆（MoMA），D. 德梅尼尔和 J. 德梅尼尔的礼物，获取号330.1955

六十年代的爱丽丝

20世纪60年代是激进实验和反文化运动的十年。在那个时期，人们对心理这一概念有了新的看法。随后，有关“疯狂”的研究变得越来越有影响力，比如R. D. 莱恩在《分裂的自我》(*The Divided Self*，1955年)中所探索的理论。莱恩的研究是第一个让疯狂和变疯过程变得容易理解的研究。他认为精神分裂症需要在患者的生存环境中加以理解。该研究考虑了精神分裂症患者表达的感受和经历，以促进对病情的理解，而不是将其视为精神疾病的症状。[8]与此同时，卡罗尔作品表达了与时代一致的观点：他的主人公爱丽丝理性地做出了自己的反应，尽管她周围的一切似乎都是错误的。

超现实主义者的作品以其跳脱的视野和对陌生人心灵的迷恋在当下仍有意义。达利受兰登书屋出版社的一位编辑委托，为1969年出版的新版《爱丽丝漫游奇境记》(图78、图79)绘制插图。他创作的12幅梦幻情节般的插图进一步激发了刘易斯·卡罗尔的想象力。达利充满活力的创作回应恰好体现出了文本中的主题、想法和隐喻是实验的完美载体。画面中引用了许多熟悉的使人痴迷的事物——悬挂在茶会上的商标融化时钟，爱丽丝伸出房子的手臂，能让人联想到坦尼尔笔下柴郡猫的漂浮猪和兔子。这些充满活力的水彩画非常细腻，且富有层次，虽是个人的演绎作品，但让人能立即辨别出是《奇·境》。在布拉和恩斯特的《奇·境》中，女性形象占据了画面的主导地位，与之相比，达利的爱丽丝是一直存在却往往很难找到。他用黑色墨水描绘着小“影子”爱丽丝出现在每一页上，随着情节的发展，她经历了微妙的变化，变得自信和成熟。在最后一章——“爱丽丝的证据”——中，爱丽丝是图像的主要焦点。整个画面以两个女性形象为主，她们摆出的姿势让人联想起《圣母与圣婴》的形象，熟睡的蓝色“爱丽丝”躺在红色母亲般的人物身上，或许向我们展示了真正的爱丽丝正从女人的梦境中醒来。

但是，到了20世纪60年代末，卡罗尔的作品远非唯一留存的超现实主义作品。拉尔夫·斯蒂德曼(Ralph Steadman)为当代观众重塑了爱丽丝(图81、图82)，这是关于《奇境》的另一种创作。他的“爱丽丝漫游奇境”石版画，产生于达利的平行宇宙，借鉴了原始坦尼尔插画中对人物的讽刺精神，展示了斯蒂德曼将艺术、幽默和政治结合在一起的高超技巧。这幅作品既与原著息息相关，有紧迫感又富有娱乐性。它体现了人们对阶级的态度(戴着扁平帽子的工人们画着玫瑰，与高傲的公爵夫人形成对比)，并利用了当时一眼就能认出的名人和角色：电视主持人克里夫·米切尔莫尔(Cliff Michelmore)饰演柴郡猫，约翰·列侬(John Lennon)饰演毛毛虫。可口可乐瓶印着的“喝我”和杯形蛋糕上有“吃我”的字样，仍然是有创意且有趣的食品广告语。在《爱丽丝镜中历险记》中，特维德顿和特维德迪成为城市和乡村的绅士。在最后一幅引人入胜的插图中，斯蒂德曼描绘了成年的爱丽丝披着婚纱，朝着象征刘易斯·卡罗尔的、被遗弃的白骑士挥手告别。[9]

图78
萨尔瓦多·达利，疯狂茶党，凹版印刷，1969年，牛津大学基督教堂学院，卡罗尔收藏系列

图79
萨尔瓦多·达利，《爱丽丝的证词》，凹版印刷，1969年。牛津大学基督教堂学院，卡罗尔收藏系列

图80
安妮玛丽·马利克饰演爱丽丝，《爱丽丝漫游奇境记》，由乔纳森·米勒执导，BBC制作，1966年

1970年，波普艺术教父彼得·布莱克（Peter Blake）开始着手创作一种特定的英国艺术（图83、图84），于是他选择了“爱丽丝”系列作品。在这个时期，他的作品被称为乡村主义作品，经常呈现英国文学代表作品，这其中就有莎士比亚的《仲夏夜之梦》。布莱克笔下的爱丽丝成了女王，当她凝视着画框外的英国乡村花园时，显得非常自信和坚定。她是现代人，牢牢扎根于当下却又深陷英国的乡愁——乡村花园的围墙和修剪过的树篱。布莱克的《疯帽客》非常现代，但与坦尼尔的插图精神相呼应。这个形象思想深邃，被锁链拴着，对心理强度的敏感刻画与莱恩的理论相呼应。

乔纳森·米勒（Jonathan Miller）的电影《爱丽丝漫游奇境记》在1966年由英国广播公司（BBC）上映。作为圣诞节的家庭娱乐节目，米勒对爱丽丝大胆的创新想象最终在转折点后的节礼日（Boxing Day）播出。凭借着戏剧背景，米勒使他的改编成为一种偏重身临其境的体验的实验，类似于后来被称为“影像艺术”的东西。爱丽丝的梦境开始于一个维多利亚时代避难所式的空荡且令人不安的空间，然后飘移过一系列的场景。这些场景是一些梦幻般的解读，米勒后来将其描述为“与其说是故事，不如说是一种情绪”。米勒的这些场景试图使人们回到维多利亚时代的背景，揭开故事中荒谬和严肃的一面。[10]米勒讲述了爱丽丝的悲伤的成长故事，探索了“童年的浪漫与痛苦”——在维多利亚时代，这个世界被视为“孩子在更深地进入成人义务世界之前的危险奇迹”。米勒被爱丽丝的梦境迷住了。用他的话来说，这部电影表达了“梦是奇妙、无关紧要和不连贯的”。随着爱丽丝遇到一系列古怪的人物，故事慢慢从真实世界转变成想象世界，从英国乡村变成海边。主演们进行了不带面具的表演，“没

图81

拉尔夫·斯特德曼，《爱丽丝漫游奇境记》中的《法庭场景》，石版画，1967年。泰特美术馆，1975年由柯文工作室通过当代版画研究所展出，P06580

图82
拉尔夫·斯特德曼，
《爱丽丝漫游奇境记》
白兔原画，多布森图
书出版社，1967年

有鼻子，没有胡子，没有狂欢节面具”，[11]包括饰演假海龟的约翰·吉尔古德（John Gielgud），饰演疯帽客的彼得·库克（Peter Cook）和饰演红心国王的彼得·塞勒斯（Peter Sellers）。米勒创作爱丽丝奇境中同伴的灵感来自卡罗尔笔下的牛津大学研究人员和学者，而从七百多名海选演员中脱颖而出的安妮玛丽·马利克，诠释了爱丽丝在穿越奇境时对这些人性化动物角色的无动于衷（图80）。

这位大胆的女主人公形象——自信、好奇、冷漠——与我们熟悉的迪士尼动画片中的爱丽丝形成了鲜明的对比，反映出20世纪60年代女性世界的变化。虽然直到新千年伊始，我们才开始看到日益活跃的“爱丽丝”成为妇女独立与平等的代言人，但她的角色特点是有权力意识且受过教育的新女性形象，这也是随着第二次女权主义浪潮出现的。

在20世纪60年代，卡罗尔的作品还为美国和英国从事跨媒体、跨学科工作的迷幻艺术家提供了创意灵感，他们希望“通过轰炸感官……来蒸发思想……”。[12]查尔斯·道奇森的数学研究支持二维欧几里得世界的观点。与之相反，卡罗尔则用漩涡、入口和空间的关系来展开叙述，回应了当时的迷幻艺术运动的氛围。这场运动中的艺术家们——比如，设计预测环境的理查德·奥尔德克罗夫特，设计标志性流行海报艺术的平面设计师邦妮·麦克莱恩（Bonnie MacLean）——都在探索空间和阈值概念。兔子洞漩涡、柴郡猫和漂浮形式等也是约瑟夫·麦克休（Joseph McHugh）的灵感来源，他用来为总部位于旧金山的东图腾·韦斯特公司设计迷幻风格海报（图85）。东图腾·韦斯特公司的与众不同且千变万化的风格吸引了嬉皮士和自由思想家，而他们又是当时反文化运动的核心人物。

20世纪60年代，在创作我的“爱丽丝”系列时，我必须努力思考每个角色可以代表哪些人，也就是从现代生活中找到人们能认出的那类人。我突然意识到这是进行社交评论的绝佳工具。白兔是一个朝九晚五的上班族，而毛毛虫则是一个偶尔抽口烟的年轻知识分子，他喜欢与人分享自己的观点，就像毛毛虫会蜕皮一样容易。在我看来，疯帽客是个聪明的问题专家，他会问你这个问题那个问题，然后说：“你下周能再来吗？”

——拉尔夫·斯特德曼，艺术家

图83
彼得·布莱克（艺术家），凯尔普拉工作室，《嗯，这是盛大的！》，绢版印刷，1970年（印刷），V&A博物馆，馆藏号：CIRC.125—1976

图84
彼得·布莱克（艺术家），凯尔普拉工作室，《例如，现在有国王的信使……》，绢版印刷，1970年（印刷），V&A博物馆，馆藏号：CIRC.121–1976

图85
约瑟夫·麦克休（艺术家），东图腾（出版商），轨道图形艺术（印刷商），《柴郡猫》，海报，1967年（印刷），V&A博物馆，馆藏号：E.3796—2004

借用威廉·布莱克（William Blake）的话，这些艺术家相信：“如果知觉之门被清除，所有事物对人类来说都将是无限的。”[13]他们还受到阿道斯·赫胥黎1954年的著作《知觉之门》（*The Doors of Perception*）的影响，这本书质疑了空间关系。关于服用墨斯卡灵（迷幻药）的经历，赫胥黎写道：“视角看起来相当奇特，房间的墙壁似乎不再以直角相交……空间关系已经不再那么重要了……空间依然存在，但它已经失去了主导地位。心灵主要关心的不是尺度和地点，而是存在和意义。”[14]

其他艺术家试图创造一种新的视觉语言。“震撼心灵”的多媒体作品，目的是在改变观众的看法，创造新的现实。[15]20世纪50年代旧金山的“旋涡投影音乐会”和1967年比尔·哈姆（Bill Ham）的“液体灯光秀”中就出现了这些多媒体作品。在伦敦，古斯塔夫·梅茨赫尔（Gustav Metzger）设计的液晶投影照明装置也体现了这一点（图88）。

创造性多媒体艺术家草间弥生（Yayoi Kusama）对《爱丽丝漫游奇境记》的兴趣始于20世纪60年代的纽约。1968年，她在中央公园的“爱丽丝漫游奇境”雕像前上演了一场性解放裸体“发生”行为艺术（图86）。这场由草间弥生带领，由画着斑点的裸体舞者表演的煽动性表演，展示了戏剧、艺术和政治的融合，并将爱丽丝置于抗议和反文化运动的中心。这位艺术家声称“爱丽丝是嬉皮士的祖母”。[16]草间弥生基于“每个点都是进入另一个宇宙的旋涡”的想法，用圆点和镜子来形成她标志性的风格。[17]而镜子将观众置于艺术品中。今天，草间弥生仍在继续创作富有远见的沉浸式作品，力图打开一个幻想和自由的世界，改变了知觉和现实的状态，她呼吁观众：

> 忘了你自己。与永恒融为一体。
> 成为你周围环境的一部分……[18]

20世纪60年代对卡罗尔世界的迷恋也通过流行音乐进入了公众的意识。最著名的例子是杰弗逊飞机（Jefferson Airplane）乐队的《大白兔》，这首歌收录在他们1967年的专辑《超现实主义枕头》（*Surrealistic Pillow*）中：

> 一粒药丸使你变大，一粒药丸使你变小……
> 等爱丽丝长到十英尺高的时候去问她
> 如果你去追兔子，你知道你会掉下去
> 告诉他们有个吸水烟的智虫给你打电话了

披头士的《露西在缀满钻石的天空中》与《大白兔》同年发行，作品表达了乐队服用某种药物后产生的幻想。约翰·列侬将歌词中的意象归功于他小时候阅读爱丽丝故事的经历[19]：“我非常喜爱《爱丽丝漫游奇境记》，并画出了里面所有的角色。我写了‘扎勃沃龙’风格的诗歌。我曾经像爱丽丝那样生活。”[20]

图86
罗伯特·萨宾，拍摄于纽约中央公园发生的“原子弹爆炸”的照片（草间弥生，左二），纽约，1968年

图88
古斯塔夫·梅茨赫尔，《液晶环境》，5个控制单元，液晶和35毫米幻灯片，5个彩色投影，1965年。2005年重新制作，泰特美术馆，购买于2006年，编号T12160

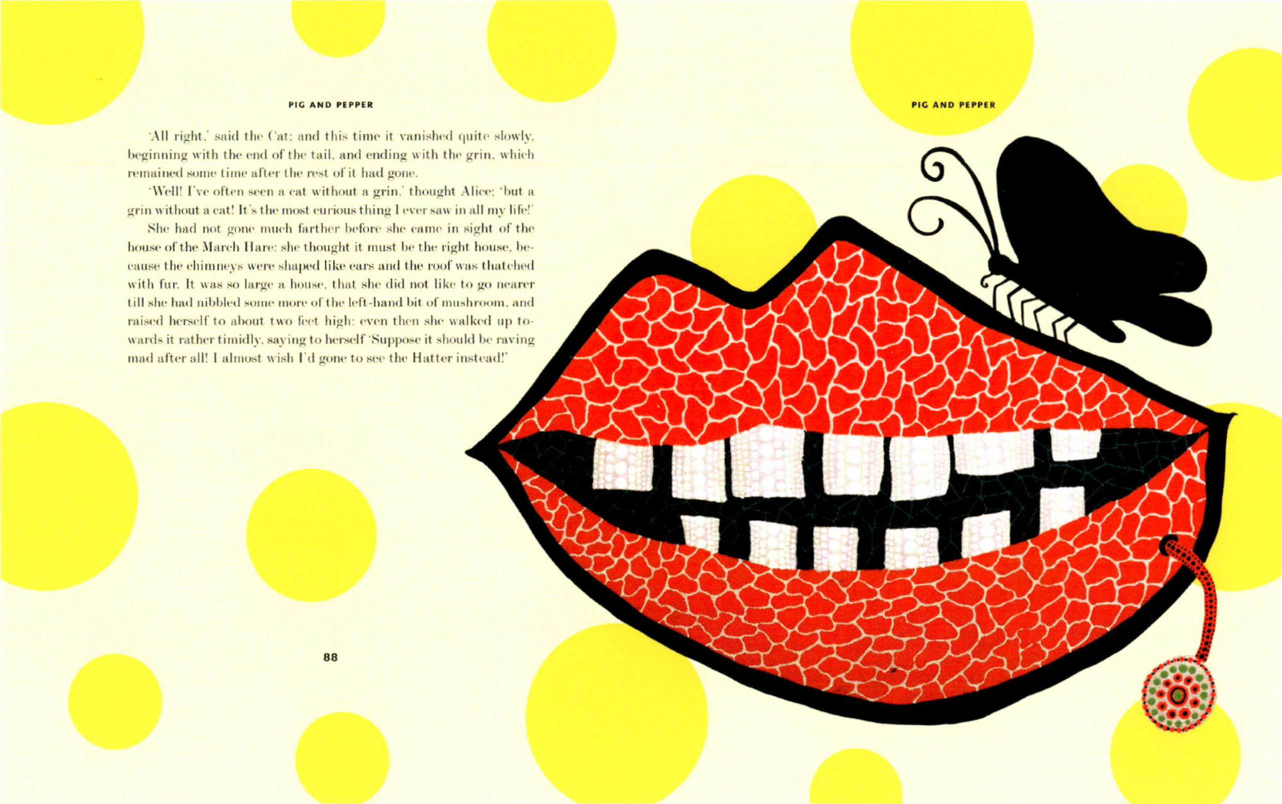
PIG AND PEPPER

'All right,' said the Cat; and this time it vanished quite slowly, beginning with the end of the tail, and ending with the grin, which remained some time after the rest of it had gone.

'Well! I've often seen a cat without a grin,' thought Alice; 'but a grin without a cat! It's the most curious thing I ever saw in all my life!'

She had not gone much farther before she came in sight of the house of the March Hare: she thought it must be the right house, because the chimneys were shaped like ears and the roof was thatched with fur. It was so large a house, that she did not like to go nearer till she had nibbled some more of the left-hand bit of mushroom, and raised herself to about two feet high: even then she walked up towards it rather timidly, saying to herself 'Suppose it should be raving mad after all! I almost wish I'd gone to see the Hatter instead!'

88

PIG AND PEPPER

图87
刘易斯·卡罗尔（作者）
草间弥生（插图画家），
《爱丽丝漫游奇境记》
内页，企鹅经典出版，
2012年

想象着自己正坐在一艘小船中，在一条小河上飘荡
橙色的树木，果酱色的天空
有人呼喊你，你慢悠悠地回答
双眼如万花筒般绚烂的女孩

列侬承认，爱丽丝的形象也是他1967年热门单曲《我是海象》的灵感源泉。这首歌将矮胖子描绘成“鸡蛋人”，并多次借鉴了卡罗尔的语言和想法，显示了列侬对荒唐文学和幽默的迷恋：

我是鸡蛋人……坐在一个英式花园里……
咕、咕、咕、咕、咕

有人认为，列侬将卡罗尔的作品解读是对资本主义社会的批判，其中，海象被描绘成资本主义者，木匠是工人，反对消费主义和资本主义。作为一名和平和民权运动的倡导者，列侬后来表示，在这首歌中，他本应该为木匠发声，而不是海象。与这种社会主义观点相反，爱丽丝的成功可以说是一个资本主义的成功故事，原版的《爱丽丝漫游奇境记》小说在整个20世纪中叶为一系列商品带来了灵感，而许多企业都把爱丽丝作为了向消费者销售从饼干到吉尼斯黑啤酒等各种产品的一种促销方式。

图89
披头士乐队在电影《魔法神秘之旅》中诠释了歌曲《我是海象》，1967年

图90
斯图尔特·布兰特（Stewart Brand）作品《整个地球目录》封面，1968年秋季

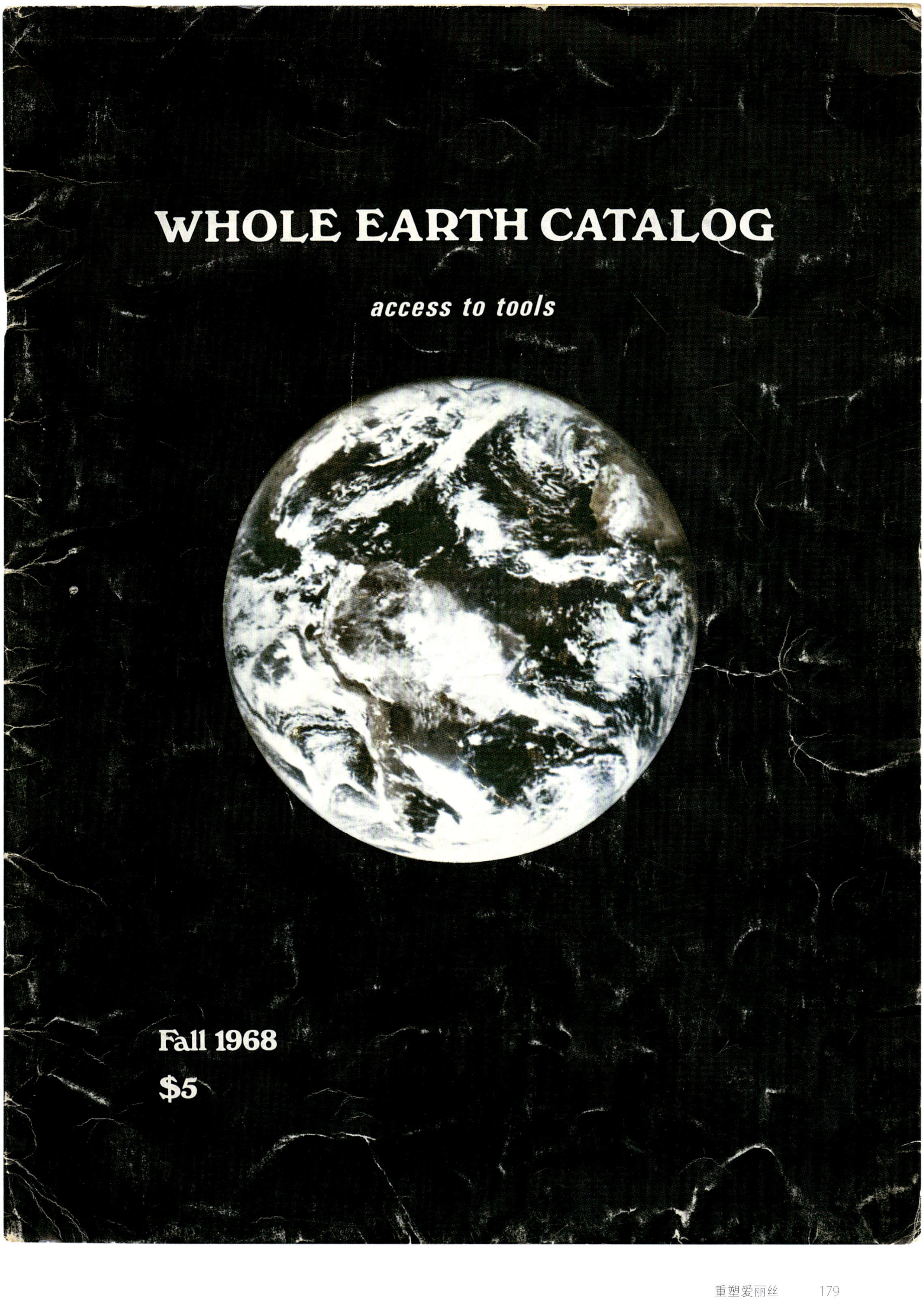
WHOLE EARTH CATALOG
access to tools
Fall 1968
$5

图91
《爱丽丝漫游奇境记》，电子游戏。由温德姆经典（游戏公司）为康懋达64电脑设计。1985年

图92
《传说中的奇·境VR》的艺术作品，与皇家国家剧院合作，伦敦，玩得很好（Play Nicely）制作。五十九制作设计公司和一室。2015

量子爱丽丝和数字仙境

一种个人力量正在不断生长，那即是一种开展自我教育、自我激励、自我塑造环境并与任何感兴趣的人分享冒险经历的力量……

——斯图尔特·布兰特，1968年[21]

到20世纪60年代末，西方世界被多种太空探索所占据，特别是太空竞赛和1969年的登月。卡罗尔的远见卓识及其灵活的时空观念成为一种哲学，激发一代人产生新的科学思维。20世纪60年代也是现代计算机产业诞生的时代。斯坦福大学和硅谷的角逐产生了足够引发一场数字革命，这场革命最终为重新阐释奇境提供了新的维度。

1965年，伊万·萨瑟兰（Ivan Sutherland）发表了一篇论文。这篇论文是虚拟现实（VR）的核心蓝图，以奇境为背景：

> "当然，最终的展示将在一个电脑可以控制物质存在的房间。这种房间里展示的椅子完全可以坐。这种房间里展示的手铐是锁着的，而这种房间里展示的子弹能夺人性命。经过适当的编程后，这些显示器可以真正成为爱丽丝走过的奇境。"[22]

不久之后，1968年，富有创造力和卓越远见的斯图尔特·布兰特（Stewart Brand）创办了具有影响力的反主流文化杂志《整个地球目录》（*Whole Earth Catalog*），它借助信息探索了一个相互联系的宇宙，并催生了一个由环境思想者、技术专家和活动家组成的新群体（图 90），与爱丽丝漫游奇境时的精神相呼应。

1989年，蒂姆·伯纳斯-李（Tim Berners-Lee）向欧洲核子研究组织（the European Organization for Nuclear Research）提出了他关于万维网（World Wide Web）的想法，从此永远地改变了世界。到20世纪90年代，迅速发展的互联网提供了新的获取全球信息的方式，并为其他现实与想象的世界提供了可见途径。每个人都可以像爱丽丝的口头禅那样，在互联网上提出好奇的问题，以增加个人知识和与世界的互动。

自从个人计算机革命使得消费者能够负担并使用个人计算机以来，爱丽丝已多次被带入数字领域。1985年，温德姆经典（Windham Classics）为康懋达64（Commodore 64）计算机制作了手柄驱动游戏，将文本和时间结合起来，让玩家控制爱丽丝的移动（图91）。在地下世界里，"你必须操纵爱丽丝奔跑、跳跃、爬行和蹲伏才能到达游戏中的指定地点"。[23]游戏的探险地图很大，当爱丽丝从一个地点移动到另一个地点时，每张图片都需要从（软盘）光盘上读取。游戏的故事发生时间超过65

天，有些事件只有当玩家在正确时间出现在正确地点时才会触发。这款游戏利用玩家了解爱丽丝故事中熟悉的对象，利用刘易斯·卡罗尔对时间的迷恋，设计游戏。

在卡罗尔书中的疑惑现在已成为电子游戏制造商设计游戏的灵感来源。事实上，同21世纪的游戏设计师利用算法和代码构建从一个世界到另一个世界的旅程一样，刘易斯·卡罗尔将科学与艺术、逻辑与谜题结合在一起，通过“图像与对话”[24]来叙述冒险故事，将读者从现实世界带到想象世界中。

20世纪90年代，虚拟现实（VR）头戴式设备首次广泛商业化发布。虽然，虚拟现实概念或创造其他世界的幻象的想法可以追溯到文艺复兴时期，但这一想法却在这个时代成为现实。这无形之中意味着可以推测“如果隐藏在镜子另一边的世界是真实的呢？”这一问题的局限性。[25]在卡罗尔的原著《爱丽丝镜中奇遇记》中，爱丽丝开始想象镜子另一边的世界，而那里充满着各种美丽的事物。爱丽丝描述了她的镜中世界之旅：“让我们假装有一条路可以穿过镜子……然后让我们假装玻璃像纱布一样柔软，这样我们就可以穿过了。为什么现在变成了一片薄雾……就像银色的薄雾？”在这里，叙述暗示了物理和虚拟的模糊：你对现实感知的转变可以打开通往新维度的门户。这些概念强而有力，直到在一百多年后的数字时代开始实现。

> 为什么不为整个幻象留出空间，为什么不建立巨大的暗箱，让我们可以从镜头的另一边穿过（通过它我们可以被看到，通过它对象可以看到我们），或者实际上是巨大的全息图，使我们可以通过它融入光线，成为我们自己的光的化身，让我们自己成为明亮的微粒？在爱丽丝的棋盘上，透过镜子，从一个方块到另一个方块，任何事情都可能发生。[26]

从事虚拟现实的电子游戏设计师现在可以创造三维空间，使玩家可以在其中扮演爱丽丝的角色。1990年，凯伦·赖特（Karen Wright）在《科学美国人》（*Scientific American*）上发表的“通往地球村之路”（On the Road to the Global Village）一文中提到，以梦幻茶会（Mad Tea Party）为基础的场景是最早为快速发展的新技术“虚拟现实”构建的场景之一。玩家戴上头盔、护目镜、耳机、特制套装和手套，即可在三维的“人造空间”中移动。玩家可以在梦幻茶会上扮演爱丽丝或任何其他角色……[27]

在21世纪，计算机科学家和设计师正在通过多维镜头想象未来世界。“爱丽丝”系列故事为实验涉及多个角色和视角的增强型混合现实和全息技术提供了绝佳平台。设计公司五十九制作公司（Fifty Nine Productions）将2015年英国皇家剧院作品《奇·境》（*wonder.land*，参见第143—147页）的布景设计扩展到了虚拟平台中，作品名为“传说中的奇·境VR”（*fabulous wonder.land VR*）。用户戴着Oculus Rift头戴式设备，跌入兔子洞，降落在阳光花园——一个拥有独特音景的鲜活世界（图92）。项目尝试构建虚拟的声音奇境，将用户塑造成爱丽丝。这种数字化创造艺术利用其明亮的色调，让人联想起20世纪60年代的迷幻艺术，展示了虚拟现实如何突破讲故事的极限，并为玩家提供可以控制叙事内容的空间。

这种“控制”和演绎爱丽丝想法的继续发展。2019年，DNA VR体验中心邀请伦敦人“跳进兔子洞，加入基于团队的VR冒险，体验适合家庭玩耍，充满猜谜和挑战

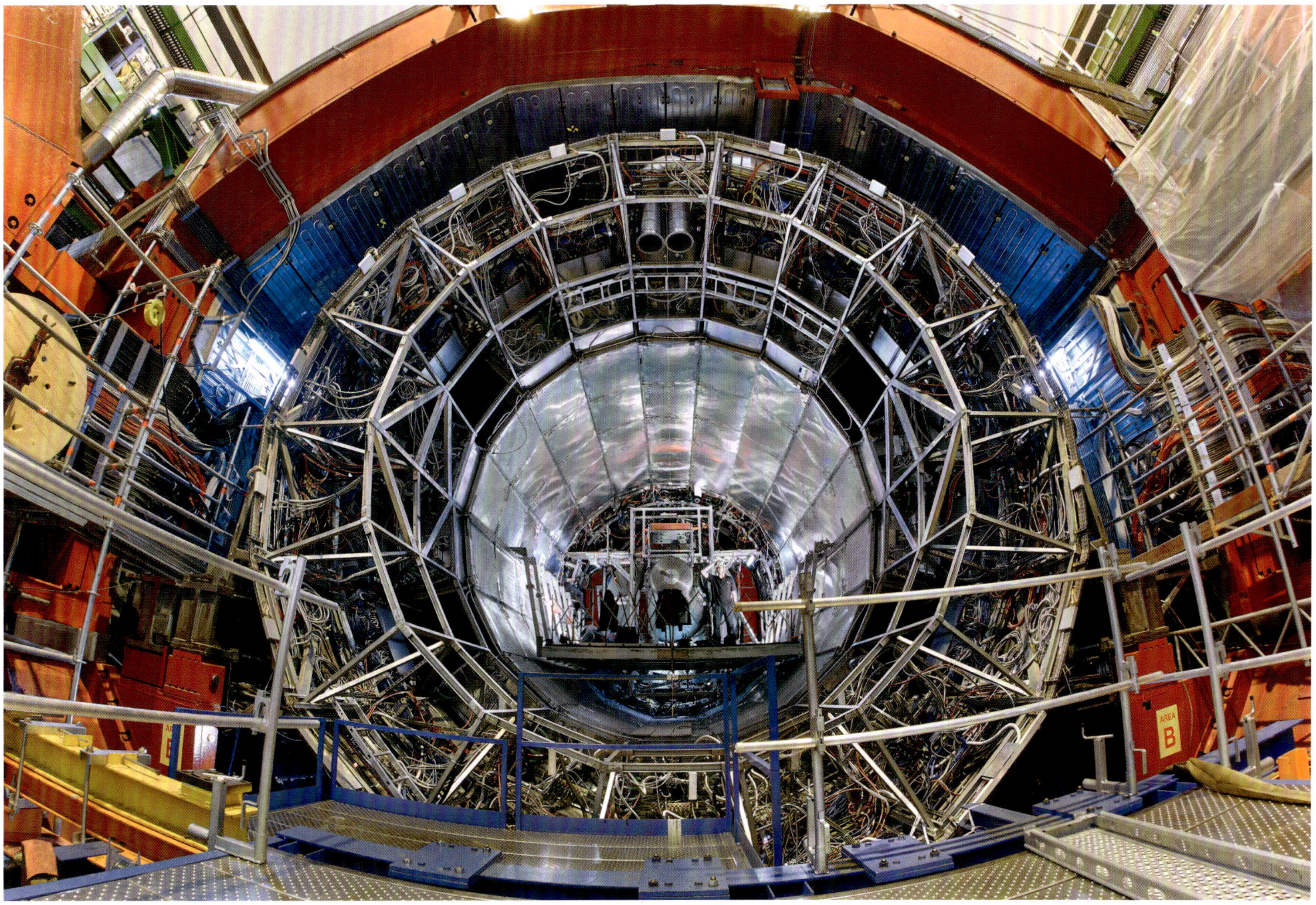

图93
爱丽丝（一个大型离子对撞机实验）大型强子对撞机，欧洲核子研究中心，日内瓦

通过爱丽丝漫游“奇境”和“量子奇境”，人们进入了现实与虚幻世界难以穿越的层面，使得这两个实体之间的相遇既现实又抽象，相互纠缠又令人着迷。

——玛丽莱·诺伊德克，欧洲核子研究中心访问艺术家
阿丽亚娜·科克的采访，2018年11月

的奇幻仙境世界”。[28]而在世界各地，也有着许多虚拟与现实相混合的沉浸式梦幻茶会体验活动。

作为研究欧几里得的学者和摄影界的先驱，道奇森对科学、空间和时间非常着迷，正如卡罗尔在他的小说中所做的那样，他探索了第四维度的概念。和许多有创造力的人一样，他从多个角度看待这些问题。爱丽丝穿越门户、黑洞和未知世界的旅程激发了科学家们对意外和无法解释现象的好奇研究。

> 掉啊，掉啊，掉啊，难道永远掉不到底了吗！……我很想知道掉了多少英里了，我一定已经靠近地球中心的一个地方啦！[29]

粒子物理学家罗伯特·吉尔莫（Robert Gilmore）的《爱丽丝漫游量子奇境》（*Alice in Quantumland*，1995年），利用爱丽丝的冒险和奇遇，浅显易懂地介绍了量子世界。在整本书中，爱丽丝是研究我们所居住世界的代言人。例如，她穿过充满各种房门的走廊，这一过程被用来解释与能量和动量有关的理论。

在欧洲核子研究组织进行的一个“大型离子对撞机实验（ALICE）”科学项目研究中，我们能更清楚地看到《奇·境》与物理学之间的联系。“大型离子对撞机实验”汇聚了近40个国家一百五十多个物理研究所的约1,500名科学家，目的是研究极端能量密度下相互作用物质的物理性质。ALICE项目合作使用瑞士研究中心的10,000吨ALICE探测器（测量长度26m，高16m，宽16m），对宇宙大爆炸产生的、组成宇宙的粒子－夸克胶子等离子体进行研究。[30]在这项改变世界的开创性研究中，爱丽丝的奇境之旅也被用作科学家们自己探索宇宙的旅程的隐喻，也再次证明卡罗尔发人深省的概念是如何为科学想象提供跳板的（图 93）。[31]欧洲核子研究组织的科学家们也在积极鼓励更多的女性从事科学职业，这将使她们能够像爱丽丝一样思考不可能的事情。

自2011年以来，欧洲核子研究组织邀请玛丽莱·诺伊德克（Mariele Neudecker）等艺术家参与他们的研究项目，参与驻留计划，使他们能够参与科学实验，创造与空间、尺度、时间和量子物理相互作用的作品。时装设计师艾里斯·范·荷本（Iris van Herpen）对物质非常着迷：“物质就是创造，是进化，是自然，是我们。它是所有能量的来源，也是我们所有问题的来源。”她在2014年访问了欧洲核子研究组织，在那里的经历对她的工作产生了深远的影响。2014年，范·荷本创作了“磁性运动”（Magnetic Motion）系列服装，探索自然与技术之间的关系。而她2019年的“催眠”（Hypnosis）时装秀表达了设计师对无限空间和宇宙生命周期的迷恋。模特儿们穿着多层结构的服装，当她们穿过螺旋形状的旋转拱门时，衣服会折曲，这让人联想到21世纪的“兔子洞”里的爱丽丝（图94）。

图94
艾里斯·范·荷本，《全宇宙礼服》，高级时装，秋冬2019年，动感雕塑，设计师安东尼·豪（Anthony Howe）

爱丽丝的身份

艾里斯·范·荷本的设计作品要求我们对“爱丽丝”系列故事进行不同的思考，展示爱丽丝的形象是如何随着时间和媒体的变化而变化的，而这往往表现出与原著更强烈的进化感。爱丽丝流行的元素已经被当时的文化所吸收和塑造，例如爱丽丝彩色宽头巾、无袖或无领连衣裙或条纹丝袜。但今天，爱丽丝造型本身已经成为一种时尚潮流。正如凯拉·瓦茨拉维克（Kiera Vaclavic）所认为的，爱丽丝是“坚定的时尚宠儿”，也是时装和秀场的灵感之源：

> “爱丽丝造型本身已是交叉现象。适合化妆、日常穿着，无论是对成人还是对儿童都一样……到了20世纪中叶，她已经在成为潮流元老的路上走得很好了……她喜欢冒险、坚韧乐观、聪明、对外表漠不关心，但总是很吸引人，而且打扮得无可挑剔。对于今天的许多人来说，爱丽丝是值得效仿的榜样。”[32]

瓦茨拉维克观察到，爱丽丝已经变成了“空白的画布，能够吸收大量的着重点和方向的组合”。[33]坦尼尔（Tenniel）的爱丽丝是聪明但不挑剔的维多利亚女孩；迪士尼的爱丽丝身穿紧身连衣裙，借鉴了克里斯汀·迪奥（Christian Dior）新的外观轮廓；在21世纪，爱丽丝已成为无数时装设计师和模特儿的缪斯女神。对于薇薇安·威斯特伍德（Vivienne Westwood）来说，“爱丽丝让你相信你正身处于平行世界中”。她的设计，包括以爱丽丝为灵感的2015年系列作品，展现了叛逆、朋克风格的爱丽丝，反映一种挑战社会的精神。威斯特伍德大胆、女性化的连衣裙（图95）、少女的头巾式女帽和花卉设计呼应了维多利亚时代的时尚，但又包含了政治和质疑精神，用红色印花王冠写着“谁是我们的统治者”。纽约时装设计师扎克·珀森（Zac Posen）的时装也经常被描述为与爱丽丝精神相呼应。刘易斯·卡罗尔故事中黑暗的天真和扭曲的英国梦境，似乎永远都对时尚有着与生俱来的渴望。

设计师们重新塑造了书中的许多人物，其中疯帽子是最受欢迎的人物。维果罗夫（Viktor&Rolf）在2016秋冬时装秀以疯帽子为灵感，展现了当代男女皆宜的设计，在传统的维多利亚风格基础上引入了破洞牛仔和纽扣图案（图96）。他们还展示了他们标志性的童话式礼服，采用了曲线设计，使用了大量的网纱层，服装顶部配有古怪但别致的大礼帽。同样，在格温·史蒂芬尼（Gwen Stefani）的热门单曲《你在等什么？》（*What you waiting for?*）的音乐视频中也可以看到爱丽丝的主题和与音乐主题的融合。当史蒂芬尼跟随大白兔进入梦幻世界时，时钟滴答作响，她扮演了书中的各种角色，包括疯帽子、爱丽丝和红桃王后或红皇后穿着约翰·加利亚诺（John Galliano）设计的华丽服装（图97）。

通过时尚景观，艺术家、摄影师和艺术总监们培养了强烈的“奇境”设计美学意识以及利用其环境、人物和主题的共同视觉语言。文本已成为幻想、超现实主义或维多利亚哥特式领域中魔法世界的代表和隐喻。

图95
薇薇安·韦斯特伍德，黄金标签，2015年春夏系列

图96
维克多罗尔夫，“瓦加邦德”，
高级时装，2016年秋冬

图97
约翰·加利亚诺为迪奥设计，礼服高级时装，秋冬2004年

图98
从左开始

《达基·托特“爱丽丝巨人”》
爱丽丝漫游奇境
倍耐力年历，伦敦，2017

《阿尔法·迪亚、奥武苏国王和威尔
逊·奥里马将红玫瑰涂黑》
爱丽丝漫游奇境
倍耐力年历，伦敦，2017

《法庭场景》
鲁保罗，吉蒙·洪苏，阿德沃亚
阿博阿，奥武苏国王，阿尔法迪亚，
威尔逊·奥里马和阿杜特·阿凯奇
爱丽丝漫游奇境
倍耐力年历，伦敦，2017

萨沙巷“三月野兔”
爱丽丝漫游奇境
倍耐力年历，伦敦，2017

所有照片由蒂姆·沃克拍摄

爱丽丝的故事已讲述了很多次，用了很多方式，但几乎总是选用了白人演员……我从未见过黑人饰演爱丽丝，所以我想推动虚构幻想人物的表现，探索不断演变的美的观念……我认为我们活在非常激动人心的时代，尤其是当像爱丽丝这样的故事，在这么多人中产生了如此大的共鸣，并以某种方式讲述了这么久，现在可以用另一种引人注目的方式来讲述它们了。

——蒂姆·沃克，摄影师

《创意热潮》（*Creative Boom*），电子刊，2017年

摄影师蒂姆·沃克（Tim Walker）的2018年倍耐力年历以富有想象力和原创性的方式复述了爱丽丝的故事（图98）。为了传达他的理念，沃克挑选了18位老牌和新生代名人，包括音乐家、演员、模特儿和政治活动家，作为奇境的居民。英国模特娜奥米·坎贝尔（Naomi Campbell）与演员乌比·戈德堡（Whoopi Goldberg）、变装演员鲁保罗（RuPaul）和说唱歌手吹牛老爹（P Diddy）一同亮相。他们共同创造了对“爱丽丝漫游奇境”的全新解释，其中包含了多样性和所有种族都可以在故事中找到自我的理念，并与它的普世主题相关联。

爱丽丝热在日本时尚和流行文化中尤为突出。《爱丽丝镜中奇遇记》的剧场版于1889年首次在日本演出，图书版于1890年被翻译成日语。爱丽丝现象就像任何传统的日本书籍一样继续影响着日本文化，并已成为国家认同的一部分。它的叙述方式已经被重新设计和改编，以适应多种原因和观众。从对少女时期、女性气质和女性教育的理解，到在日本媒体产业发展中发挥的作用，这两本书已经成为跨越多个平台的灵感来源。[34]这一点在20世纪90年代激进的洛丽塔（Lolita）街头时尚中尤为明显，这些时尚源于日本对“凯蒂猫”（Hello Kitty）可爱形象的喜爱，并深受英国文化的影响。可爱的洛丽塔服装（图100）可以追溯到维多利亚时代小女孩的样子，并呼应了坦尼尔所创造的爱丽丝的形象。相比之下，朋克洛丽塔（图101）将硬核美学与《奇境》的奇特风格融合起来。崇拜者将这种风格视为一种生活方式。

美国艺术家安娜·加斯克尔（Anna Gaskell）的工作也涉及童年和成年之间的问题，她在摄影作品中以爱丽丝为主题，探索与少女有关的令人不安的问题。在她的“颠覆”（*Override*）系列中，“爱丽丝”似乎被附身或迷失在自己的思想中，对奇妙的想法和发展的心灵呈现出更具挑战性的一面（图102）。

经历了许多转变之后，爱丽丝成了完美的角色。她可以用来质疑身份并进行重塑，让她进入超越传统性别观念的想象中。在原著中，毛毛虫问爱丽丝：“你是谁？”[35]这种应该拥有决定自己身份的自由观念在当下具有强烈的吸引力，格雷森·佩里（Grayson Perry）表达了这种自由，并将爱丽丝视为其女性魅力的灵感来源之一。[36]

这种利用爱丽丝作为进步意识一部分的特点，可以从爱丽丝被视为女权主义榜样的观念中观察到。梅根·S. 洛依德（Megan S. Lloyd）说：“与其他童话故事中的女主角不同，她不需要仙女教母、猎人或好心的仙女，只需要自己的智慧和创造力，就可以在奇境中遨游。”[37]今天，年轻一代将爱丽丝们看作是拥有更广阔世界并准备拥抱生活的年轻人。卡罗尔笔下的爱丽丝与母亲和妹妹一起拒绝现实世界，梦想着建立新的独立世界。她有能力在旅途中改变自己，并最终发现一个地方，在那里她“成为女王”，并拥有了知识、权力和权威。

正是在这种女权主义观点的背景下，我们可以看到蒂姆·伯顿的《爱丽丝漫游奇境记》（2010年）如何反映和启发了新一代的年轻人。这部电影由琳达·伍尔弗顿（Linda Woolverton）编剧，赋予爱丽丝想象力、勇气和信心，让她成为像圣女贞德一样的超级英雄（图104）。2017年，伦敦出生的艺术家小西姆兹（Little Simz）发布了她的概念专辑《寂静仙境》（*Stillness in Wonderland*），这位说唱歌手扮演了“异乡的女主人公”的角色，在她穿越城市兔子洞的过程中，她坦然地唱着关于爱、成长和直觉的歌，将爱丽丝带入灵魂音乐（soul）、节奏布鲁斯（R&B）、车库饶舌（grime）和迷幻爵士乐的混合音乐中。小西姆兹音乐和专辑封面都向希望在伦敦这座城市中找寻自我的年轻伦敦人展示了"爱丽丝"系列图书的当代意义（图103）。

小西姆兹是这一代人中的一员，她认为爱丽丝是具有前瞻性、好奇心、勇敢的人，其冒险经历和个性正是灵感的源泉。像爱丽丝那样生活，是一种精神状态，是一种启发，去想象不可能，做你自己，坚持你的信念以及终身追求学习和知识的好奇心。2020年，我们可以在社会和政治活动家的工作中找到爱丽丝精神。例如马拉拉·优素福扎伊（Malala Yousafzai）为寻求巴基斯坦妇女教育所做出的努力。2013年7月，马拉拉在联合国的演讲中说："一个孩子，一位老师，一本书，一支笔，就可以改变世界。"[38]

1862年，当爱丽丝掉进兔子洞时，她留下了持久、跨学科、国际性的财富。《爱丽丝漫游奇境记》的演变能力使它在几代人和观众的变迁中存活下来。它的思想和概念的流动性，以及随着社会变化其特征的持续相关性，也形成了一种不断适应、改变相关生活的哲学。当我们思考未来要重塑什么样的世界时，我们都应该从爱丽丝充满荒谬却永不停歇地探索以及她总是拥抱令人振奋的新事物中获得鼓励。用另一位当代环境活动家格蕾塔·通贝里（Greta Thunberg）的话来说：

> "现在采取行动还不算太晚。这需要深切的愿望，需要勇气，需要坚定的决心，现在就采取行动，在我们可能不知道如何塑造天花板的所有细节之处打地基。换句话说，这需要大教堂式思维。我请求你们快点清醒过来……我们都必须去完成那些看似不可能的事。"[39]

图99
2017年4月，努尔詹·艾莉（Noorjan Allie）在开普敦的反腐游行中举着爱丽丝风格的标语牌

图100
由久原久子（Kumiko Uehara）
为BSSB设计。日本，21世纪，
V&A博物馆，馆藏号：FE.314
to 322-2011

图101
由长谷顺子（Shunsuke Hasegawa）、
普陀洋（Putumayo）合作：鞋由横须
贺（Yosuke）设计，日本，21世纪，
V&A博物馆，馆藏号：FE.322：1-202

图102
安娜·加斯克尔，《无标题30（颠覆）》，染色印刷，1997年，古根海姆博物馆，纽约，礼物，达基斯·乔安努，1998年，98.4654

图103
麦凯·费尔特，为小西姆兹专辑设计封面，
《寂静仙境》，2017年

我的床底下没有这个可以爬进的秘密花园。这是精神上的事情。这是关于我仍在努力扭转局面的状态，以及我仍然试图找出信任谁或不信任谁的地方。有时奇境令人感觉棒极了，有时你想离开奇境。这是许许多多、各不相同的事物。

——小西姆兹，音乐家
i-D，在线，2016

她是个非常现代的人物……我不想传达更多其他的东西，只想表达，她是一个女孩，人们以不同的方式理解她的生活，自由地欣赏她如何打扮，她如何评价她的衣服。

——科琳·阿特伍德，服装设计师
WWD，在线，2010

图104
《爱丽丝梦游仙境》电影剧照，由蒂姆·伯顿执导，沃尔特·迪士尼电影公司制作，2010年

BEING ALICE

成为爱丽丝

哈丽特·里德（Harriet Reed）

Pomona

爱丽丝现实漫游记

爱丽丝·李道尔可不是普通的缪斯女神：她以一种发号施令的态度，又是威逼又是催促地缠着道奇森写下了她的故事。照片中的她以一种特别时髦的方式凝望镜头，吸引着我们的目光，却又像是抗拒着我们的注视。《爱丽丝·李道尔漫游奇境记》，在今天仍具现实意义。

——爱丽丝·李道尔的曾孙女瓦妮莎·泰特（Vanessa Tait），2019年

爱丽丝·李道尔（Alice Liddell）是查尔斯·勒特维奇·道奇森所著童话《爱丽丝漫游奇境记》的原型人物。1862年，只有7岁的她根本想不到自己竟会成为文学史上最具代表性书籍的主角。不过，她或许知道，她的人生会不同寻常。对于一个维多利亚时代的女孩来说，她从小就很特别，无论是她早熟的性格，还是她标志性的深褐色刘海和波波头。但在道奇森［笔名“刘易斯·卡罗尔”（Lewis Carroll）］凭借所作童话《爱丽丝漫游奇境记》名声大噪之际，“真正的”爱丽丝在一生中的大部分时间都避开了公众的视线。

1871年12月，在道奇森发表了续作《爱丽丝镜中奇遇记》之后，爱丽丝·李道尔与姐姐洛里纳和妹妹伊迪丝一起策划了一次环欧壮游。在导游、陪护和医生的陪同下，她们的脚步遍布巴黎、凡尔赛、阿尔勒、阿维尼翁、摩纳哥、热那亚、米兰、威尼斯、斯佩齐亚、罗马、那不勒斯、庞贝、巴勒莫、厄尔巴、莱格霍恩、尼斯、马赛、第戎、布洛涅和加莱。

一路上，爱丽丝乐此不疲地记录着旅行日记，勾勒建筑和自然风光，还画了自己和姐妹们的有趣漫画，供远在牛津的父母消遣。爱丽丝对时尚有浓厚的兴趣，经常评论当地人的穿着。在巴黎，她观察到许多精致的女人“走路一步三摇（鲜少有人能正常走路，……大多数女士的衣裙上都缀着大量皮毛”。[1]三姐妹从乘坐马车换成骑马又换成坐轿，最后徒步登上了维苏威火山山顶。爱丽丝描述在登山过程中“天降碎石，喷出一团团炽热的不明物体和阵阵烟雾”。一个月后，维苏威火山喷发（图106）。

爱丽丝经常给时任牛津大学基督教堂学院院长的父亲迪恩·亨利·乔治·李道尔（Dean Henry George Liddell）写信，主题涵盖14世纪的教皇到西班牙画家巴托洛梅·埃斯特班·穆里罗（Bartolomé Esteban Murillo）画作中的象征主义。她继承了父亲的绘画天赋，对周遭事物的描绘充满了光线、色彩和纹理上的细节：

> 索伦托坐落在高耸陡峭的岩石峭壁顶端，背后耸立的山峰上草木葱茏；再往前走，我们来到另一座高崖，它直直地沉入清澈的海水中，湛蓝的海面上倒映着它的每一片阴影、色彩和轮廓——我们面朝着断崖后的太阳，斜射而来

图105
朱莉娅·玛格丽特卡梅隆，《波莫纳（爱丽丝·李道尔）》，蛋白印相工艺，1872年，V&A博物馆皇家摄影学会收藏，馆藏号：RPS.1271-2017 在国家彩票遗产基金和艺术基金的慷慨援助下获得。

图106
维苏威火山喷发的照片，
1872年，V&A博物馆，
馆藏号：2883-1925

图107
朱莉娅·玛格丽特·卡梅隆，《洛里纳·李道尔，伊迪丝·李道尔和爱丽丝·李道尔》，蛋白印相工艺湿胶卷玻璃底片，1872年。V&A博物馆皇家摄影学会收藏，馆藏号：RPS.713-2017，在国家彩票遗产基金和艺术基金的慷慨援助下获得

的日光晕染上一点翠绿色，而它投下的可爱阴影透出一种紫罗兰色，所有陡峭的山坡上都长满橄榄树、无花果树、橘子树和柠檬树——在阳光的映射下，它们看起来像天鹅绒般柔软……我无法充分地描述或感知它有多么的美……[2]

约翰·罗斯金（John Ruskin）是19世纪英国著名的艺术评论家，曾在牛津担任爱丽丝的家庭教师，并称她的父亲是“我那个时代的大师中唯一一个懂艺术的人”。[3]亨利·李道尔院长的素描现存于牛津大学基督教堂学院的藏品中，他的作品展现了他捕捉自然、建筑特征和漫画的技巧以及学院生活的单调乏味。他的水墨素描画得很精细，从研究牛津的角楼到闪亮的皮靴，不一而足。

罗斯金显然认为爱丽丝大有前途，他让她临摹透纳（J.M.W. Turner）的小品画，并为她认真讲解艺术创作的原理。在给爱丽丝父亲的一封信中，罗斯金告诫他不要误导她的教学：“在我抨击解剖学研究的时候，让你的女儿在房间里画骷髅——正是你这样对着干让我的全部努力付诸东流。”[4]

不管有没有违规，爱丽丝确实在1870年凭借她的“时间素描”在罗斯金的艺术学校获得了一等奖，她的作品赢得了同学们（全是男生）的赞赏。她的妹妹维奥莱特在几年后写给爱丽丝的丈夫雷金纳德的一封信中写道：“（亚历山大）麦克唐纳先生……对爱丽丝的素描很满意，并给了她一两条建议……无论如何，R.（威廉·布莱克·里士满）先生和瓦茨（G.F.）先生都表示爱丽丝的这幅画值得一看……”[5]

在此期间，爱丽丝还和家人一起去了怀特岛的弗雷什沃特（Freshwater）度假。自1851年维多利亚女王的度假居所奥斯本庄园建成后，弗雷什沃特从19世纪中叶开始就成为热门的旅游胜地。诗人阿尔弗雷德·丁尼生（Alfred Tennyson）、女演员埃伦·特里（Ellen Terry）、艺术家乔治·弗雷德里克·瓦茨（George Frederic Watts）和摄影师朱丽亚·玛格丽特·卡梅隆（Julia Margaret Cameron）共同在距离这处王室居所仅几英里的地方建立了一个波希米亚文化圈，而精英们经常租住这里的海滨别墅。

在19世纪70年代，朱丽亚·玛格丽特·卡梅隆多次为爱丽丝·李道尔和她的姐妹们拍照，她有一部分最杰出的作品就拍摄于这一时期。卡梅隆将爱丽丝塑造成众多古典人物，包括波摩娜（Pomona）、阿勒西娅（Alethea）和克瑞斯（Ceres）。波摩娜是罗马的果树女神，常被描绘成丰饶的形象，或与《圣经》中的夏娃联系在一起（图105）。卡梅隆还拍摄了爱丽丝和姐妹们的合照，照片中她们的姿势让人联想到描绘宙斯（Zeus）女儿的古代神话主题——三美神（图107）。

这种对古典时期的迷恋，部分是由于19世纪的考古新发现，部分是由于全国性的怀旧浪潮，为卡梅隆的照片增添了一种永恒的品质。即使用21世纪的眼光来看，爱丽丝·李道尔顶着碎刘海单手叉腰扮演波摩娜的照片仍然非常有现代感。

剧作家和诗人亨利·泰勒（Henry Taylor）在1878年的一封信中写道：“卡梅隆昨天来我们这里住了几天，并带来了牛津大学基督教堂学院院长的女儿李道尔小姐的多张（原文如此）照片，她们已经在弗雷什沃特湾的阿尔弗雷德·丁尼生的家里住了几个星期了。在我见过卡梅隆的所有照片中，似乎没有哪一张比她给爱丽丝·李道尔小姐拍摄的这三四张照片更美或者更能代表被拍摄者的美。我不知道你是否认识她，是否见过我在照片中看到的，她的美。”[6]

卡梅隆的照片具有电影质感，传达出一种戏剧性，反映了19世纪对绘画性和表演性的迷恋。道奇森在看到卡梅隆的其他作品后，形容这些作品“有些像是流浪汉，有些近乎丑陋”。[7]然而，在卡梅隆随意的柔焦风格中，画面捕捉到的是一个意志坚强、自信而聪明的年轻女性。

1880年9月15日，爱丽丝在威斯敏斯特教堂与雷金纳德·哈格里夫斯（Reginald Hargreaves）结婚，他是道奇森在牛津大学基督教堂学院的学生。一年后，道奇森提前从牛津大学退休，并放弃了摄影。他在1885年给爱丽丝的信中写道：“我的脑海中这么多年来一直能够清晰地描绘出当年那个小孩，她是我理想的朋友。在认识你的时候，我已经有很多小孩儿朋友，但他们和你完全不同。”[8]当道奇森沉浸在对往事的回忆中时，爱丽丝·李道尔已经继续向前了。

在爱丽丝结婚时，“爱丽丝”系列故事已经成为英国现象级的名著。乔治·邓禄普·莱斯利（George Dunlop Leslie）在1879年画的一幅母亲给女儿读《爱丽丝漫游奇境记》的画作，不仅反映了这本小说的名气，也反映了它在维多利亚时代家庭生活中的地位（图108）。画中的女儿（以莱斯利的女儿为原型，也叫爱丽丝）是一个神秘的存在，她像是因故事而感到痴迷和不安。[9]

爱丽丝·哈格里夫斯很快就组建了自己的家庭，养育了三个儿子：艾伦（1881年生）、利奥波德（1883年生）和卡里尔（1887年生）。她居住在汉普郡卡夫诺尔（Cufnells, Hampshire），在20世纪之前，她一直躲避公众的视线。直到在20世纪30年代前往美国开始第二次旅行后，她才变得名声大振，找到愿意出版自己故事的出版社，而不是活在别人笔下。

图108
乔治·邓禄普·莱斯利，《爱丽丝漫游奇境记》，画布油画，创作于1879年前后，皇家穹顶宫和博物馆，英国布莱顿和霍夫

图109
1932年，爱丽丝·哈格里夫斯获得文学博士学位后与哥伦比亚大学校长尼古拉斯·默里·巴特勒，在刘易斯·卡罗尔百年纪念馆庆典上，纽约，1932年

爱丽丝·哈格里夫斯前往好莱坞

1928年4月3日，爱丽丝·哈格里夫斯（婚前姓李道尔）将查尔斯·道奇森为她手写并绘制插图的《爱丽丝漫游奇境记》手稿原件《爱丽丝的地下奇遇》（原名）以15400英镑的价格卖给了美国藏书家A.S.W.罗森巴赫（A.S.W. Rosenbach）。

当苏富比拍卖行代她出售手稿的消息传出后，英国国内一片哗然。《泰晤士报》开展了一场将这件文物留在国内的运动，一些公众人士敦促爱丽丝将它私下出售给大英图书馆。

爱丽丝在给儿子卡里尔（他在父亲去世后接管了家庭财务）的信中写道："（15400英镑）还不错……（这笔收入）可以支付我一直担心的遗产税。"[10]对于穷困潦倒的寡妇来说，除了谨慎，别无选择。

此次拍卖预示了三个里程碑。首先，这是一个创世界纪录的文学手稿拍卖成交价。其次，它确认了《爱丽丝漫游奇境记》作为一部文学经典在英国民族意识中的独特地位。最后，它让爱丽丝·哈格里夫斯稳稳走到了聚光灯之下：她的国际知名度直线上升，并伴随了她的余生。

爱丽丝·哈格里夫斯没能抵抗住《爱丽丝漫游奇境记》带来的名气。与刘易斯·卡罗尔的作品相比，她的作品黯然失色，而且随着年龄的增长，她渐渐淡出了人们的视线。私下里，她将第一本书题献给儿子艾伦——《来自漫游奇境的爱丽丝》——并将他们在卡夫诺尔（汉普郡）的家称为"奇境"。[11]她的名气给她带来的唯一烦恼在于一些愚蠢的人企图剥削利用。1912年，《星球报》（*The Sphere*）来信，要求她为一篇关于《爱丽丝漫游奇境记》新剧的文章提供照片，她在信中写道："怎么有脸提这种无理要求？"[12]在另一封给她儿子卡里尔的信中，她表达了另一番嘲笑："昨天我去参加一个会议，会议结束后，致辞的女士走过来说'我必须和真正的爱丽丝握手'，在几句无聊的寒暄后，她问道：'你认识道奇森先生吗？我问你'……那之后我无话可说，……"[13]

1932年，爱丽丝应邀访问美国，被哥伦比亚大学授予名誉文学学士学位（图109）。卡里尔说，这是"一个令人难忘的时刻，A.P.H.（爱丽丝·普莱森斯·哈格里夫斯）回信时激动得不能自已，……"[14]对于一个一生从未接受过大学教育的女人而言，在80岁获得学位是一种前所未有的体验。除了这个仪式，刘易斯·卡罗尔的生日庆典还包括在艾弗里图书馆（Avery Library）举办的"关于卡罗尔（Carrolliana）的展览"以及5月4日爱丽丝作为贵宾出席的最后一场活动。她的演讲获得了全场起立欢呼，并通过广播传遍美国、加拿大和欧洲。在大学体育馆演讲时，她说："如果刘易斯·卡罗尔讲述关于我现在的故事，我会觉得这和他以前给我讲的那些异想天开的故事一样奇怪，他把我当作他的'爱丽丝'。"[15]

当八十多岁的爱丽丝·哈格里夫斯向观众演讲时，这似乎标志着其作为偶像人物的毕生事业达到了巅峰。原稿已经逐步脱离卡罗尔最初的灵感构想，那么下一个爱丽丝又会是谁呢？

图110
凯瑟琳·博蒙特的倒立造型剧照，《爱丽丝漫游奇境记》，由沃尔特·迪士尼制作公司制作，1951年

图111
《爱丽丝漫游奇境记》静帧剧照，
由沃尔特·迪士尼制作公司制作，
1951年

"成为爱丽丝"无疑是一个诱人的期待。随着20世纪上半叶新的批评研究、时尚、戏剧作品和插图版本陆续出现，人们对这些书籍的热情愈加高涨。但那些试图演绎爱丽丝的人同样会感到这是一个沉重的负担——无论是心理上的还是生理上的。为1951年的迪士尼动画电影《爱丽丝漫游奇境记》配音的凯瑟琳·博蒙特（Kathryn Beaumont），为了确保银幕上角色动作的准确性，经历了不同的工作内容：工作室的技术人员"精心设计了一系列能旋转的巧妙装置，并将她扔进想象中的兔子洞，如此一来，演员们便可赋予角色以必要的生命力和活力，使《爱丽丝漫游奇境记》成为一部欢快的电影"。（图110、图111）[16]

1933年，年仅17岁的夏洛特·亨利从数千名演员中脱颖而出，在由诺曼·Z. 麦克劳德执导、派拉蒙公司出品的电影中饰演爱丽丝一角。她在一次采访中说："我不再是夏洛特·亨利了。一旦穿上那身戏服，我就成了人们小时候读到的那种生物。我原本的身份消失了。"[17]

作为一个角色，爱丽丝无疑是一个人们梦寐以求的，能带来名声与无边魅力的角色。然而正如爱丽丝·哈格里夫斯所体会到的，它同样可以是一个沉重的负担。在写给儿子卡里尔的最后一封信中，她写道："但是，亲爱的，我早已厌倦做奇境中的爱丽丝。这听起来是不是很忘恩负义？是的，只是我确实是累了。"[18]卡里尔从记者和粉丝手中接管信件，同时购买不同版本的家族档案进行推销和宣传。派拉蒙影业公司请爱丽丝·哈格里夫斯协助1933年《爱丽丝漫游奇境记》电影的选角，她洋洋洒洒地在《影迷周刊》（*Picturegoer Weekly*）上写下一篇评论：

> 看完这部电影后，我满心欢喜。我现在相信，有声电影是唯一可能诠释这部最受欢迎的书的媒介……这部电影对我来说意义非凡，因为尽管这本书曾多次被改编为舞台剧，并且许多艺术家为其配上精美的插图，但我一直认为居住在奇境的人就应该说着刘易斯·卡罗尔所写的文字，长得像坦尼尔绘制的插图一样。电影里的服装精美，也未没有滥用或大幅修改台词。[19]

一年后，她在乘车途中病倒，于1934年11月16日在新森林区的林德赫斯特（Lyndhurst）去世。

当迪士尼准备推出其堪称经典的动画版《爱丽丝漫游奇境记》时，《爱丽丝的地下奇遇》手稿原件已归还给英国。罗森巴赫博士（Dr Rosenbach）曾将收稿原件私下卖给埃尔德里奇·R. 约翰逊（Eldridge R. Johnson），于1945年约翰逊去世后回购，然后在1946年以50,000美元的价格再次卖给了一群捐助者。1948年，这群捐助者将其作为一份象征性礼物赠送给大英博物馆，以此感谢"长期单枪匹马地压制住希特勒的高贵民族"。[20]这是爱丽丝·哈格里夫斯逝世14年后，高调赠送的礼物，进而将再次提升"爱丽丝"这一难以捉摸的形象。

我到底是谁？

爱丽丝·哈格里夫斯逝世六十多年后，她将有机会对她与《爱丽丝漫游奇境记》的关系做最后的说明。2001年，苏富比拍卖行拍卖了她所有的个人档案，包括信件、日记、旅游日记、写生簿和相册（图112）。这场名为“刘易斯·卡罗尔的爱丽丝：爱丽丝·李道尔及其家人的照片、书籍、文件和个人物品”的拍卖活动吸引了大量关注，是史上《爱丽丝漫游奇境记》相关资料的最后一次大型拍卖。

尽管哈格里夫斯的孙女玛丽·珍·圣·克莱尔（Mary Jean St Clair）宣称这笔交易事关实用性（以免把收藏品分给她的三个孩子），但这笔交易也会带来可观的经济回报。刘易斯·卡罗尔的传记作者莫顿·N. 科恩（Morton N. Cohen）在《纽约时报》上发表评论说：“这是真正的爱丽丝与刘易斯·卡罗尔联系的残留线索。包括这些年来一直属于这个家族的其他物品，其中有些是极其私人的物品，比如爱丽丝戴了54年的结婚戒指。”[21]苏富比拍卖行也将它吹捧为儿童文学和19世纪人物摄影收藏家的“圣杯”。[22]最终，拍卖所得惊人，超过200万英镑。

图112
玻璃底片
由查尔斯·勒特维奇·道奇森（刘易斯·卡罗尔）拍摄的三个李道尔姐妹；2001年苏富比拍卖行"刘易斯·卡罗尔的爱丽丝"拍卖会上的第17批，由特拉维夫艺术博物馆购买本次拍卖的成功不仅再次证明了“爱丽丝”的魅力，连带李道尔远亲所写的信件也得到追捧，同时也在无意中公开了哈格里夫斯完整的、鲜活的性格和真实的生活故事。本次拍卖活动的关注度远胜于20世纪末出版的爱丽丝·李道尔精选传记引起的关注度[23]，也是对20世纪30年代媒体关于她名声的广泛报道进行了亟须的事实修正。

此次拍卖也引起了人们对银幕上和舞台上“真正的爱丽丝”的兴趣发生根本转变。将爱丽丝·李道尔塑造成一个具有自身特点的人物的动力，无论是作为历史灵感，还是作为卡罗尔虚构的人物，都反映了公众对一个谜团最终揭晓的意识和好奇心。

导演和编剧根据创作故事的灵感背景重新评估了故事，把查尔斯·道奇森和爱丽丝·李道尔都引入到故事中。《爱丽丝漫游奇境记》(*Alice au pays des merveilles*，1949年)——卢·布宁（Lou Bunin)、达拉斯·鲍尔（Dallas Bower）和马克·莫雷特（Marc Maurette）执导的法英合拍改编电影——首次在一个故事框架内运用此故事（图113)。电影以道奇森拍摄基督教堂建筑的场景开场，接着详述他与年轻的爱丽丝之间的一段腻歪关系，爱丽丝是他的爱慕对象。影片中，卡罗尔扮演“男主”一角，选择乘船游玩来为无聊了一天的李道尔三姐妹打发时间，而不是观摩维多利亚女王出访。

图113
卡罗尔·马什饰演爱丽丝，斯蒂芬·默里饰演刘易斯·卡罗尔，由达拉斯·鲍尔执导，卢·布宁和马克·莫雷特执导，由卢·布宁制作公司制作，电影大联盟，1949年

虽然这是首部公开发行并提及本书起源的电影，但作家兼哲学家阿道斯·赫胥黎（Aldous Huxley）为沃尔特·迪士尼公司撰写的剧本却是第一部推介本书的剧本。1945年，他向迪士尼提供了一份改编意见，将故事立足于现实。正如赫胥黎对安妮塔·露丝（Anita Loos）所说：

> 我即将与迪士尼签约撰写《爱丽丝漫游奇境记》剧本，将坦尼尔的插画和卡罗尔的故事改编成卡通故事，嵌入到牧师查尔斯·道奇森的真实生活场景中。我认为改编故事可能会很有趣——无比古怪、荒谬、被压抑的牛津大学逻辑和数学讲师，在小女孩的陪伴下，在他自己的幻想中寻求庇护。[24]

但最终，迪士尼并未在屏幕上突出描绘真正的爱丽丝·李道尔，而是回归到纯粹的动画，融合了《爱丽丝漫游奇境记》和《爱丽丝镜中历险记》的情节结构。

自20世纪80年代以来，“真正的爱丽丝”本身就是一个被探讨的主题。最成功的是丹尼斯·波特（Dennis Potter）的作品（包括1965年的BBC电视剧《爱丽丝》和1985年的电影《梦童》，该电影是他第一部作品的延伸）。《梦童》以两条时间线讲述：1932年80岁的爱丽丝·哈格里夫斯来到美国，和19世纪60年代爱丽丝·李道尔与查尔斯·道奇森的关系。这部影片由盖文·米勒（Gavin Millar）执导，采用《亨森传世怪物商店》中的玩偶，探讨了刘易斯·卡罗尔［伊恩·霍尔姆（Ian Holm）饰］和爱丽丝·李道尔［阿米莉亚·尚克利（Amelia Shankley）饰］之间的复杂情感关系以及他们的心路历程。

爱丽丝·哈格里夫斯在纽约卡罗尔百年诞辰庆典上致辞时，屏幕上的哈格里夫斯伴随着书中图像，声音和语言的嘈杂，引得她陷入自我反思。在超现实的片段中，她以一个老妇人的形象出现，书中的人物都很熟悉，都是些巨大怪诞的玩偶（图114）。疯帽客、三月兔和毛毛虫都缠着她，让她感到害怕。“你老了，哈格里夫斯夫人”，毛毛虫在引用本书的诗《你老了，威廉爸爸》时说。米勒形容它们“就像我们认为一位老太太的噩梦，让它们变得如此凶猛”。[25]斯蒂芬·霍尔登（Stephen Holden）在《纽约时报》上写道：“卡罗尔·布朗（Coral Browne，饰演爱丽丝·哈格里夫斯）展现出不卑不亢的尊严。在这部影片中，在维多利亚时代礼仪的冰冷外表下，尚存一丝温暖与脆弱。”[26]

波特的剧本第一次讲述了本书给爱丽丝的生活带来的深刻且不可磨灭的变化，直至在她享誉全球之前。在一次采访中，他表示希望探索“被束缚、被压抑、奇怪、好玩、被折磨但又充满欢乐的、具有创造力的男人，以及一位因当时到达纽约受到的文化冲击而回想往事的老妇人”。[27] 米勒对此表示赞同：“我喜欢这样的想法，幻想而现实，永远不知道结局和开端，这让噩梦和梦想在人们生活中的地位变得更加重要。”[28]

20世纪和21世纪的其他几部电影通过牛津、“金色下午”或维多利亚时代的社交活动等形式向爱丽丝·李道尔和刘易斯·卡罗尔致敬，以此来建立爱丽丝的世界。爱丽丝的早熟、乖张和固执逐渐被诠释为对社会的反叛：1999年的电视电影版中，爱丽丝放弃了一场乏味的花园派对；2010年蒂姆·伯顿版的电影中，爱丽丝拒绝了一场订婚仪式。

最近，英国女演员朱迪·丹奇（Judi Dench）在约翰·洛根（John Logan）2013年《彼得与爱丽丝》话剧中饰演了爱丽丝·哈格里夫斯这个角色（图115），该剧由迈克尔·格兰达奇（Michael Grandage）执导。该剧主要讲述了爱丽丝和彼得·卢埃林·戴维斯（灵感来源于J. M. 巴里《彼得·潘》）1934年在纽约一家书店相遇的故事。该剧以敏锐而感性的方式讲述了作者与从儿童关系中启发灵感之间关系的黑暗主题。虽然爱丽丝接受了她的成名和伴随的责任，但彼得·卢埃林·戴维斯永远不会与他虚构的“他人”和解。

爱丽丝：我可以是通风良好的房间里孤独的老太太，也可以是《爱丽丝梦游仙境》中的……我选爱丽丝。[节拍]

爱丽丝：所以，选择权现在掌握在你手上。

彼得：我不懂你的意思。

爱丽丝：这是你的生活，不是巴里先生的，

也不是你兄弟的，是你的，所以选吧。

彼得：你想要我做什么呢？

爱丽丝：我希望你活着。[29]

丹奇将“爱丽丝·李道尔”这个角色与《温莎的风流娘儿们》中的快嘴桂嫂（Mistress Quickly）和《仲夏夜之梦》中的泰坦妮娅（Titania）一起归为她舞台职业生涯中扮演的“形形色色的女强人”。[30]

早期电影中的女演员们一直在努力地减轻卡罗尔著作改编版的影响，与其说是三维角色，不如说是迷人的密码。在描写“真正的爱丽丝”时并未如此谨慎，她坚定的性格、爱冒险的天性和私生活现在已众所周知。对于演员来说，“真正的爱丽丝”这个复杂的角色比虚构的“爱丽丝”更让人着迷。

爱丽丝·李道尔从未想过自己会激发出一种文化现象，但这却让她踏上了一段非凡的冒险之旅。她的遗产永存，进一步丰富了我们对标志性的、经久不衰的《爱丽丝漫游奇境记》的理解、欣赏和研究。

图114
《梦中孩子》电影剧照，爱丽丝·哈格里夫斯（卡罗尔·布朗饰演）、假海龟和格里芬，由丹尼斯·波特编剧，由加文·米勒执导，由索恩EMI制作，1985年

图115
朱迪·丹奇饰演爱丽丝·哈格里夫斯，鲁比·本托尔饰演漫游奇境的爱丽丝，《彼得与爱丽丝》诺埃尔·考沃德剧院，伦敦，2013

注释

与刘易斯·卡罗尔和爱丽丝系列图书有关的具体书籍和文章详实内容列在下一页开始的参考书目中。鉴于此，在此部分提供的是简短引用。

创作爱丽丝

1 Cohen and Gandolfo 2008, note 1, p. 98.

2 Wakeling 1993–2007, quoted in note 1 p. 96. In his diary on 30 November 1871 Carroll wrote, 'Heard from Macmillan that they already have orders for 7,500 Looking-Glasses (they printed 9,000), and are at once going to print 6,000 more!'

3 Cohen and Gandolfo 2008, 8 March 1866.

4 Copies are described by their thousands on title pages. Sales of Through the Looking-Glass were rapid and reached about 32,000 within a year. Sales of Alice's Adventures in Wonderland had increased to 40,000 by the end of the same year (1872). Information confirmed by Selwyn Goodacre.

5 The Athenæum, 16 December 1865, described it as 'over-wrought' and Tenniel's illustrations as 'grim and uncouth … howbeit clever'. For an extensive compilation of reviews, see 'The Reviews…', in Jabberwocky, Issues 41–4.

6 See Times, 'an excellent piece of nonsense', 26 December 1865; Guardian, 'absolute nonsense; but nonsense so graceful and so full of humour that one can hardly help reading it through', 13 December 1865; Publishers Circular, 'Among the 200 books for children which have been sent to us this year, the most original and most charming is Alice's Adventures in Wonderland… It is a piece of delicious nonsense', 8 December 1865. All cited from Jabberwocky, Issues 41–2.

7 'Delicacy … ugly phantasmagoria' in London Review, 23 December 1865; 'of itself…' in Illustrated London News, 10 December 1865. Ibid.

8 Kingsley letter quoted in Cohen 1979, note 1, p. 81; 'perverted snatches of school poetry' quoted in Cohen and Wakeling 2003, p. 7.

9 Nation, 13 December 1866. See Cohen and Gandolfo 2008, note 3, p. 48.

10 'Children care little…', in Nation, 8 April 1869, p. 276, in a review of the book for the forthcoming German translation. The reply, written by C.M.H. from West Roxbury, Mass., on 9 April 1869, was published on 15 April 1869, p. 295. See Cohen and Gandolfo 2008, notes 3–5.

11 Illustrated London News, 16 December 1871, p. 599. Ibid., note 4, p.99.

12 The Jabberwocky and the Carrollian, indexed at www.thecarrollian.org.uk, feature numerous articles on these subjects.

13 School report by James Tate, Head Master of Richmond School, 17 December 1844, held in the Surrey History Centre, Guildford.

14 'Useful and Instructive Poetry', manuscript, 1845. Held in the Fales Library, New York University.

15 'Mischmasch', manuscript, 1855–62. Held in the Houghton Library, Harvard University, Boston. Only four magazines survive: 'Rectory Umbrella' (c.1849/50–3) and 'Mischmasch' at Houghton Library, Harvard, Boston; 'Useful and Instructive Poetry' at Fales Library, New York University; and 'Rectory Magazine' at Harry Ransom Center, University of Texas. Magazine titles are listed in the front of 'Mischmasch', including: 'Useful and Instructive Poetry', 1845; 'Rectory Magazine', 1848; 'Comet', 'for the sake of variety, opened at the end instead of the side', 1849; 'Rosebud', 'do not contain much worth notice'; 'Star', 'a less ambitious scale … decidedly below par'; 'Will-o-the-Wisp', 'Even inferior', in a triangular shape.

16 'Ways and Means', 1855, in a private collection.

17 Dodgson initially used the pseudonym B.B., but for the poem 'Solitude', published in The Train in March 1856, he devised a new one. He mentioned in his diaries on 8, 10, 11 February and 1 March 1856 letters to the editor Edmund Yates, in which he suggested Dares, Edgar Cuthwellis, Edgar U.C. Westhill and Louis Carroll as well as Lewis Carroll. See Stern 1980.

18 See E.L.S[hute], 'Lewis Carroll as Artist: and Other Oxford Memories', Cornhill Magazine, New Series, vol. LXXIII, no. 437, November 1932, p. 559. Shute was an illustrator, and was married to Richard, a tutor at Christ Church.

19 'Alice's Recollections of Carrollian Days. As Told to her Son, Caryl Hargreaves', Cornhill Magazine, New Series, vol. LXXIII, no. 433, July 1932, p. 2.

20 Collingwood 1898, p. 92.

21 Wakeling 1993–2007, 4 July 1862 and facing page.

22 Carroll 1866 [1865], preface.

23 Alice Hargreaves (née Liddell), quoted in Collingwood 1898, p. 96.

24 'Harcourt and I', in Wakeling 1993–2007, 6 August 1862. Presumably the chemist Augustus George Vernon Harcourt; see note (81) for 3 August 1862 in Wakeling 1993–2007.

25 'Alice's Adventures Under Ground', manuscript, 1862–1864, ch. 2.

26 'Affectionate Mother', La Bagatelle: intended to introduce children of three or four years old to some knowledge of the French language, first published by John Marshall in 1779 and still available in new editions by 1866; Isaac Watts, Divine Songs, first published in 1715 and appearing in numerous editions over the next 200 years; and Robert Southey, 'Old Man's Comforts and How He Gained Them', in the London Morning Post on 17 January 1799. James Sayles's 'Star of the Evening', arranged by H. Tucker, first published in Albany, New York, by J. Hidley in 1855, is mentioned in Carroll's diary, Wakeling 1993–2007, 1 August 1862.

27 Wakeling 1993–2007, 9 May 1863.

28 Cohen and Gandolfo 2008, p. 21, 19 March 1869, referring to Carroll's complaint that the publishers appeared to have used cheaper paper for the German edition.

29 Wakeling 1993–2007, 16 July 1863. Thomas Woolner, the Pre-Raphaelite sculptor and poet.

30 Cohen 1979, 20 December 1863.

31 Cohen and Gandolfo 2008, 11 November 1864.

32 Cohen 1979, 20 December 1863.

33 Cornhill Magazine, July 1932, p. 6.

34 These costs are the sums paid at the time.

35 Wakeling 1993–2007, 12 October 1864.

36 Ibid. ('showed me one drawing on wood, the only thing he had.') Although the illustrations were wood-engraved, Carroll and the publishers made the early decision to electrotype the woodblocks to prevent them from wearing out and preserve their condition for longer. Electrotyping involves 'growing' a layer of copper over a mould taken from the original by placing it into a solution of copper sulphate and passing an electric current through it.

37 Wakeling 1993–2007, 8 April 1865.

38 Ibid., 20 July 1865.

39 Ibid., 31 July 1865.

40 Ibid., 9 November 1865.

41 'Floating idea', 24 August 1866 at the Rosenbach, Philadelphia; 'Looking-Glass House', Wakeling 1993–2007, 20 May 1868, referring to Carroll asking George MacDonald to apply to illustrator Noël Paton to see if he could illustrate Looking-Glass. Carroll began writing the story around January 1868, see Wakeling 1993–2007, note 211, p. p.139.

42 'getting on with', 3 July 1868, at the Rosenbach, Philadelphia. The Looking-Glass illustration plan was begun by January 1869, but a year later Carroll saw only '[r]ough sketches of about ten' and most subjects were added to the plan after March 1870. Tenniel had only done 27 by March 1871. See Wakeling 1992, also 2008 (20 January 1870, 15 January 1871 and 11 March 1870).

43 'Behind the Looking-Glass' and 'Looking-Glass World', Cohen and Gandolfo 2008, note 1, p. 85. 21 and 24 March 1870, respectively. On 15 January 1871, Macmillan wrote to approve the word 'Through': 'just the word – you'll never beat it.'

44 From a portion of a letter to Tom Taylor, 10 June 1864, tipped into an edition of Alice's Adventures in Wonderland, first (suppressed) edition, 1865. British Library.

45 Cohen 1979, 10 June 1864.

46 Letter to Tom Taylor, 10 June 1864.

47 Page 1869, pp. 24–5.

48 Carroll 1887, p. 181.

49 'Of the thorny kind', Carroll 1872 [1871], p. 33.

50 Ibid., p. 176.

51 On Theophilus Carter, see Rev. W. Gordon Bailie, letter to the Times, 19 March 1931, cited in Mark Davies, 'The Real Mad Hatter?', Times Literary Supplement, 15 May 2013. 'Ugly' and 'uncomfortably sharp chin', Carroll 1866 [1865], p. 132; 'hoarse growl', Carroll 1866 [1865], p. 84; the Duchess, see Hancher 1985, pp. 41–7; Punch sources, see Morris 2005 and Hancher in Guiliano 1982, pp. 26–49; the Dodo, Oliver Goldsmith's An History of the Earth, and Animated Nature (1774), see Sibley 1974.

52 Carroll 1887, p. 180.

53 Cohen and Gandolfo 2008, 24 January 1868, 24 January 1869 and 31 January 1869.

54 Carroll 1872 [1971], pp. 65–6.

55 Carroll 1866 [1865], p. 97.

56 Madden 1973, pp. 67–76. For Carroll's contributions to newspapers, see Lovett 1999; 'I love my love', Carroll 1872 [1871], pp. 149–50.

57 The original illustration is at Houghton Library, Harvard University, Boston. The Dalziel Archive is at the British Museum; vol. 20 includes proofs for Alice's Adventures in Wonderland.

58 The illustration plans are held at Christ Church, Oxford. For a discussion of the changes to the Looking-Glass plan, see Wakeling 1992. On 8 March 1865 Tenniel wrote to Carroll about the positioning of the frog and fish footmen, the Hatter asking the riddle and the Hatter singing, quoted in Cohen and Wakeling 2003, p. 12. For discussion of placement see Hancher 1985.

59 Carroll 1866 [1865], p. 15.

60 Carroll 1872 [1971], p. 166.

61 Ibid., p. 85.

62 Carroll 1866 [1865], p. 126.

63 Carroll 1872 [1871], p. 50.

64 Ibid., p. 24.

65 Letter to Mrs Letitia Barry, 15 February 1871, Wakeling 2015, pp. 83–4.

66 Carroll 1872 [1871], p. 22.

67 'Would infinitely rather give no opinion', 4 April 1870, referring to the railway episode, and 'Don't think me brutal', 1 June 1870, letters quoted in Cohen and Wakeling 2003, pp. 14–15.

68 'Twinkle Twinkle Little Bat' from Jane Ann and Isaac Taylor's Original Poems for Infant Minds, first published 1808–11; 'The Lobster Quadrille' from Mary Howitt's 'The Spider and the Fly', in Sketches of Natural History, first published in 1829; the Red Queen's catechism from Questions and Answers, or the Children's Guide to Knowledge by A lady (pseudonym of Fanny Umphelby), first published in 1828, which went through more than 60 editions; Tennyson, Maud and Other Poems (1855), stanza 10 of section XXII, lines 910–15. Aliquis' Pictorial Humpty Dumpty (London: Tilt & Bogue, 1843); Sir

Walter Scott's 'Bonny Dundee', from his play The Doom of Devorgil, published in 1830 ('To The Looking-Glass World', Carroll 1872 [1871], p. 202); William Wordsworth 'Resolution and Independence', first published 1807 ('The White Knight's Song', Carroll 1872 [1871], pp. 177–81). See Gardner 2015 and numerous references throughout the Jabberwocky and the Carrollian; Carroll 1872 [1871], p. 33.

69 Carroll 1866 [1865], pp. 30, 38.
70 Ibid., pp. 142–5.
71 Carroll 1872 [1871], pp. 139–40, 143–4.
72 Wakeling 2015, 'spanned a period of at least twenty-five years', p. 134. For discussion of logic see Alexander 1951.
73 Carroll 1866 [1865], pp. 60, 67.
74 Carroll 1872 [1871], p. 94.
75 Carroll 1872 [1871], p. 175.
76 Carroll 1866 [1865], p. 142.
77 Gladys in Grammarland by Audrey Mayhew Allen, 1897; Stasiland by Anna Funder, 2003; Automated Alice by Jeff Noons, 1996; In His Own Write and A Spaniard in the Works by John Lennon, 1964 and 1965; Finnegan's Wake by James Joyce, 1939; The Westminster Alice by 'Saki' (Hector Hugh Munro), 1902; Hajabarala by Sukumar Ray, 1920; Winnie-the-Pooh by A.A. Milne, 1924. For parodies as well as an in-depth discussion of other Alices, see Sanjay Sircar, 'Other Alices and Alternative Wonderlands: An Exercise in Literary History', in Jabberwocky, Issue 58, Spring 1984, vol. 13, no. 2, pp. 23–48. Also Jabberwocky, Issue 59, Summer 1984, vol. 13, no. 3 includes Sanjay Sircar, 'A Select List of Previously Unlisted "Alice" Imitations' (pp. 59–67), and Peter Heath, 'Alician Parodies' and 'A Check List of Parodies of "Alice"' (pp. 68–84).
78 Carroll 1866 [1865], p. 134.

表现爱丽丝

1 Foulkes 2005, p. 59.
2 Lovett 1990, p. 3.
3 Ibid., p. 4.
4 Diary entry, Easter 1855, in Lovett 1990, p. 4.
5 Lovett 1990, p. 4.
6 Foulkes 2005, p. 51.
7 Ibid., p. 53.
8 Ibid.
9 Lovett 1990, p. 11.
10 Foulkes 2005, pp. 55–7.
11 Ibid., p. 59; see also Douglas-Fairhurst 2016, p. 307.
12 Witchard 2009, pp. 157–8.
13 Foulkes 2005, p. 52.
14 Lovett 1990, p. 4.
15 Ibid., pp. 24–6.
16 Vaclavik 2019, p. 175.
17 Ibid., p. 52.
18 Cohen 2015, p. 436.
19 Cited in Lovett 1990, p. 62.
20 Lovett 1990, p. 52.
21 Jaques and Giddens 2013, p. 78.
22 Mordaunt Hall, New York Times, 23 December 1933.
23 'Rush', Variety, 26 December 1933.
24 Cartmell 2015, p. 127.
25 Carroll 1887, cited in Foulkes 2005 (p. 53) and Lovett 1990 (pp. 208–13).
26 Wakeling 2015, p. 196.
27 Jane Pritchard, 'Archives of the Dance: English National Ballet Archive', Dance Research: The Journal of the Society for Dance Research, vol. 18, no. 1 (Summer 2000), pp. 68–91.
28 Georgia Dehn, 'Behind the scenes of the Royal Ballet's Alice's Adventures in Wonderland', Telegraph, 12 December 2014.
29 wonder.land programme, National Theatre, London.
30 Ibid.
31 Antonia Wilson, 'Designing Wonder. land', Creative Review, 21 December 2015: www.creativereview.co.uk/designing-wonder-land/ (accessed August 2019).
32 Ibid.
33 Nick Remsen, 'London's Modern Musical Take on Alice in Wonderland Is a Major Fashion Moment', Vogue, 15 December 2015: www.vogue.com/article/wonder-land-musical-london-costume-designer (accessed August 2019).
34 Carroll 1866 [1865], p. 19.
35 Larry Rohter, The New York Times, 26 February 2010.
36 Matthews 1970, p. 110.
37 See Colin Chambers, The Story of Unity Theatre (London: Lawrence and Wishart, 1989).
38 Carroll 1866 [1865], p. 131.
39 Erin B. Mee, 'Juliano Mer Khamis: Murder, Theatre, Freedom, Going Forward', TDR: The Drama Review, 55:3 (T211), Fall 2011, pp. 9–16.
40 'Alice in Russialand: Theater Gets Political in Moscow', AFP (Agence France-Presse); see www.rferl.org/a/alice-in-russialand/29811116.html and https://www.msn.com/en-us/movies/news/russian-theatre-directors-stage-daring-plays-despite-crackdown/ar-BBUlito (accessed August 2019).

重塑爱丽丝

1 Carroll 1872 [1871], p. 173.
2 André Breton, First Surrealist Manifesto, published 15 October 1924.
3 André Breton, Surrealism and Painting, trans. Simon Watson Taylor (New York: MFA Publishing, 2002), p. 6.
4 Eileen Agar, Note on Lewis Carroll, undated. Tate Archive, TGA 9222/2/3/12.
5 Breton, First Surrealist Manifesto.
6 Eric Newton, Guardian, 12 June 1936.
7 See Catriona McAra, 'Surrealism's Curiosity: Lewis Carroll and the Femme-Enfant' (2011), in Papers of Surrealism (9), pp. 1–25.
8 R.D. Laing, The Divided Self (London: Penguin Classics, 2010), pp. 17–18.
9 Ralph Steadman interview with author, May 2019.
10 BBC Arena documentary: Jonathan Miller, dir. David Thompson, 2012.
11 Jonathan Miller, One Thing and Another: Selected Writings 1954–2016 (London: Oberon Books, 2017), p. 287.
12 'Psychedelic Art', Life, 9 September 1966, p. 61.
13 William Blake, The Marriage of Heaven and Hell, 1790–93.
14 Aldous Huxley, The Doors of Perception (London: Vintage Classics, 2004), pp. 8–9.
15 See Christoph Grunenberg, Summer of Love: Art of the Psychedelic Era (London: Tate Publishing, 2005, rev. ed.), p. 21.
16 Infinity Net: The Autobiography of Yayoi Kusama (London: Tate Publishing, 2013), p. 123.
17 www.thethird-eye.co.uk/the-infinity-rooms (accessed August 2019).
18 Ibid.
19 See David Sheff, All We Are Saying: The Last Major Interview with John Lennon and Yoko Ono (New York: St Martin's Press, 2000).
20 Michael Roos, 'The Walrus and the Deacon: John Lennon's Debt to Lewis Carroll', Journal of Popular Culture, Issue 1, 1984, vol. 18, p. 19.
21 Stewart Brand, Whole Earth Catalog, 1968.
22 Ivan E. Sutherland, 'The Ultimate Display' (1965), Proceedings of the IFIP Congress, pp. 506–8.
23 Computer and Video Games Magazine, Issue 46, 1985, p. 104.
24 Carroll 1866 [1865], pp. 1–2: 'What is the use of a book,' thought Alice, 'without pictures or conversation?'
25 Lawrence M. Krauss, Hiding in the Mirror: The Quest for Alternate Realities (London: Penguin, 2006), p. 77.
26 Francesco Proto, Mass Identity Architecture: Architectural Writings of Jean Baudrillard (Chichester: John Wiley & Sons, 2006), p. 66.
27 As quoted in Gardner 2001, p. 82.
28 www.dnavr.co.uk/games-and-experiences/alice-in-wonderland-stories-vr (accessed August 2019).
29 Carroll 1866 [1865], p. 5.
30 www.theregister.co.uk/2015/06/03/large_hadron_collider_back_online_after_27_months/ (accessed August 2019).
31 http://aliceinfo.cern.ch/Public/Welcome.html (accessed August 2019).
32 Vaclavik 2019, p. 189.
33 Ibid.
34 See Amanda Kennell, 'Alice in Evasion: Adapting Lewis Carroll in Japan', D.Phil dissertation, 2017.
35 Carroll 1866 [1865], p. 60.
36 See, for example, www.prospectmagazine.co.uk/magazine/graysonperry (accessed August 2019).
37 Megan S. Lloyd, 'Unruly Alice', in Davis and Irwin 2010, p. 8.
38 www.independent.co.uk/news/world/asia/the-full-text-malala-yousafzai-delivers-defiant-riposte-to-taliban-militants-with-speech-to-the-un-8706606.html (accessed 12 July 2013).
39 Greta Thunberg, climate change speech to European Parliament, 16 April 2019.

成为爱丽丝

1 Gordon 1982, p. 137.
2 Ibid., p. 142.
3 Cook and Wedderburn 1903–1912, vol. xxxv, p. 204.
4 Gordon 1982, p. 105.
5 Sotheby's 2001, p. 98.
6 Ibid., p. 111.
7 Gordon 1982, p. 122.
8 Collingwood 1898, p. 237.
9 Phillips 1981, p. 79.
10 Sotheby's 2001, p. 188.
11 Ibid., p. 173.
12 Ibid., p. 187.
13 Ibid., p. 175.
14 Ibid., p. 197.
15 https://library.columbia.edu/libraries/cuarchives/resources/media/alice.html (accessed August 2019).
16 'Alice in Disneyland', Life magazine, 18 June 1951, p. 90.
17 S. Martin, 'The Paramount Alice', Bandersnatch (Journal of the Lewis Carroll Society), no. 156, 2012, pp.25–7, cited in Vaclavik 2019, p. 173.
18 Cohen 2015, p. 521.
19 Picturegoer Weekly (London: Odhams Press, 1933), cited in Anne Clark, The Real Alice (New York: Stein and Day, 1982), p. 248.
20 Cited in Gordon 1982, p. 234.
21 'Alice on the Auction Block', New York Times, 19 April 2001.
22 Sotheby's specialist Peter Selley, quoted in www.theguardian.com/uk/2001/mar/23/books.highereducation (accessed August 2019).
23 Most notably: Gordon 1982 and Clark 1982.
24 See David Leon Higdon and Phill Lehrman, 'Huxley's "Deep Jam" and the Adaptation of Alice in Wonderland', The Review of English Studies, vol. 43, no. 169 (February 1992), pp. 57–74.
25 Gavin Millar, cited in 'Lost and Found: Dreamchild', Sight & Sound magazine, vol. 24, issue 3, March 2014, p. 100.
26 'Film: Dreamchild, About Lewis Carroll's Alice', New York Times, 4 October 1985.
27 Dennis Potter, cited in 'Lost and Found: Dreamchild', p. 100.
28 Gavin Millar, cited in ibid.
29 Logan 2013, p. 68.
30 Judi Dench, Judi: Behind the Scenes (London: Hachette UK, 2014), p. 3.

选定书目

Alexander, Peter, 'Logic and the Humour of Lewis Carroll', in Proceedings of the Leeds Philosophical Society, vol. 6, May 1951

Beer, Gillian, Alice in Space (Chicago: University of Chicago Press, 2016)

Brooker, Will, Alice's Adventures: Lewis Carroll in Popular Culture (London: Continuum, 2004)

Carroll, Lewis,

- '"Alice" on the Stage', in The Theatre: A Weekly Critical Review, New Series, vol. IX, 1 April 1887, pp. 179–84
- Alice's Adventures in Wonderland (London: Macmillan, 1866 [1865])
- 'Alice's Adventures Under Ground' (1862–1864). Original ms. in the British Library and published in facsimile (London: Macmillan, 1886)
- Through the Looking-Glass, and What Alice Found There (London: Macmillan, 1872 [1871])

Cartmell, Deborah, Adaptations in the Sound Era 1927–37 (London: Bloomsbury, 2015)

Clark, Anne, The Real Alice (New York: Stein and Day, 1982)

Cohen, Morton N.

- (ed.), The Letters of Lewis Carroll (Oxford: Oxford University Press, 1979)
- Lewis Carroll: A Biography (New York: A.A. Knopf, 1995; London: Pan Macmillan, 2015)
- (ed.), Lewis Carroll: Interviews and Recollections (London: Macmillan, 1989)
- and Anita Gandolfo (eds), Lewis Carroll and the House of Macmillan (Cambridge: Cambridge University Press, 2008)
- and Edward Wakeling (eds), Lewis Carroll & his Illustrators: Collaborations and Correspondence, 1865–1898 (Ithaca: Cornell University Press, 2003)

Collingwood, Stuart Dodgson, The Life and Letters of Lewis Carroll (London: Thomas Nelson, 1898)

Cook, E.T., and A. Wedderburn (eds), Works of John Ruskin (London: G. Allen, 1903–1912), 39 vols

Cornhill Magazine, New Series, vol. LXXIII, June–December 1932

Crutch, Denis, et al., The Lewis Carroll Handbook (Folkestone: Dawson, 1979)

Davis, Richard Brian and Irwin, William, Alice in Wonderland and Philosophy: Curiouser and Curiouser (Chichester: John Wiley & Sons, 2010)

De Freitas, Leo, A Study of Sir John Tenniel's Wood-Engraved Illustrations to Alice's Adventures in Wonderland and Through the Looking-Glass (London: Macmillan, 1988)

Demakos, Matt, 'From Under Ground to Wonderland' in two parts, Knight Letter, Issue 18–19, Spring and Winter 2012, vol. II, no. 88–9

Douglas-Fairhurst, Robert, The Story of Alice: Lewis Carroll and the Secret History of Wonderland (London: Vintage, 2016)

Foulkes, Richard, Lewis Carroll and the Victorian Stage (London: Routledge, 2005)

Gardner, Martin, The Annotated Alice: Alice's Adventures in Wonderland and Through the Looking-Glass (London: Penguin, 2001; New York and London: W.W. Norton, 2015)

Goodacre, Selwyn H., 'An 1865 Printing Re-described and Newly Identified as the Publisher's "File Copy": with a Revised and Expanded Census of the Suppressed 1865 "Alice"', in Justin G. Schiller et al., Alice's Adventures in Wonderland: An 1865 Printing Re-described… (New York: privately printed for the Jabberwock, 1990)

Gordon, Colin, Beyond the Looking Glass: Reflections of Alice and her Family (London: Harcourt Brace Jovanovich, 1982)

Guiliano, Edward (ed.), Lewis Carroll: A Celebration. Essays on the Occasion of the 150th Anniversary of the Birth of Charles Lutwidge Dodgson (New York: Clarkson N. Potter, 1982)

Hancher, Michael, The Tenniel Illustrations to the Alice Books (Columbus: Ohio State University Press, 1985, new edition, 2019)

Jaques, Zoe, and Giddens, Eugene, Lewis Carroll's Alice's Adventures in Wonderland and Through the Looking-Glass: A Publishing History (Farnham: Ashgate, 2013)

Logan, John, Peter and Alice (London: Oberon Books, 2013)

Lovett, Charles C.,

- Alice on Stage (London: Meckler, 1990)
- Lewis Carroll and the Press: An Annotated Bibliography of Charles Dodgson's Contributions to Periodicals (New Castle, DE, and London: Oak Knoll Press and British Library, 1999)

Madden, Fred, 'Orthographic Transformations in Through the Looking-Glass', Jabberwocky, Issue 14, Spring 1973, vol. 2, no. 1, pp. 67–76

Matthews, Charles, 'Satire in the Alice Books', Criticism, vol. 12, no. 2 (Spring 1970), pp. 105–19

McAra, Catriona, 'Surrealism's Curiosity: Lewis Carroll and the Femme-Enfant' (2011), in Papers of Surrealism (9), pp. 1–25

Morgan, Christopher, Games, Puzzles, & Related Pieces (Charlottesville: Lewis Carroll Society of North America, 2015)

Morris, Frankie, Artist of Wonderland: The Life, Political Cartoons, and Illustrations of Tenniel (Charlottesville: University of Virginia Press, 2005)

Nichols, Catherine, Alice's Wonderland: A Visual Journey Through Lewis Carroll's Mad, Mad World (New York: Race Point Publishing, 2014)

Page, A.H., 'Children and Children's Books', in Contemporary Review, vol. 11, May 1869, pp. 7–26

Phillips, Robert S., Aspects of Alice: Lewis Carroll's Dreamchild As Seen Through the Critics' Looking-Glasses, 1865–1971 (London: Penguin, 1981)

'The Reviews of Alice's Adventures in Wonderland', Jabberwocky, Issues 41–4, Winter 1979–Autumn 1980, vol. 9, nos. 1–4, pp. 3–8, 27–40, 55–8, 79–86

Schiller, Justin G., Mary Graham Bonner and Selwyn H. Goodacre, Alice's Adventures in Wonderland: An 1865 Printing Re-described and Newly Identified as the Publisher's 'File Copy': with a Revised and Expanded Census of the Suppressed 1865 'Alice' (New York: privately printed for the Jabberwock, 1990)

Sibley, Brian, 'Mr Dodgson and the Dodo', Jabberwocky, Issue 18, Spring 1974, vol. 3, no. 2, pp. 9–15

Sotheby's, Lewis Carroll's Alice: The Photographs, Books, Papers and Personal Effects of Alice Liddell and her Family: Sold by Order of The Trustees of the Alice Settlement. 2001 June 6 (London: Sotheby's, 2001)

Stern, Jeffrey, 'Edward Yates: The Man Who Named Lewis Carroll', Jabberwocky, Issue 44, Autumn 1980, vol. 9, no. 4, pp. 95–103

Vaclavik, Keira, Fashioning Alice: The Career of Lewis Carroll's Icon, 1860–1901 (London: Bloomsbury, 2019)

Wakeling, Edward,

- 'The Illustration Plan for Through the Looking-Glass', Jabberwocky, Issue 78, Spring 1992, vol. 21, no. 2, pp. 27–38
- (ed.), Lewis Carroll: The Man and his Circle (London and New York: I.B. Taurus, 2015)
- Lewis Carroll's Diaries: The Private Journals of Charles Lutwidge Dodgson (Lewis Carroll): The First Complete Version (Luton: Lewis Carroll Society, 1993–2007)

Witchard, Anne, 'Chinoiserie Wonderlands of the Fin de Siècle: Twinkletoes in Chinatown', in Christopher Hollingsworth (ed.), Alice Beyond Wonderland: Essays for the Twenty-First Century (Iowa City: University of Iowa Press, 2009)

In addition: articles too numerous to note in Jabberwocky, later Carrollian, the journal of the Lewis Carroll Society – tables of contents and author/title browsing at http://thecarrollian.org.uk; also Knight Letter, the journal of the Lewis Carroll Society of North America.

参考舞台作品

此处仅列首映演出时间与地点

The Mad Tea Party, private theatrical at the home of Thomas Arnold, Oxford, 1874
Alice's Adventures; or the Queen of Hearts and the Missing Tarts, Royal Polytechnic Institute, London, 1876
Alice in Wonderland, Prince of Wales Theatre, London, 1886
Alice in Wonderland, Opéra Comique, London, 1898
Alice in Ganderland, Lyceum Theatre, London, 1911
Alice in Thunderland, Unity Theatre, London, 1944
Alice in Wonderland, Scala Theatre, London, 1944
Alice in Wonderland, London Festival Ballet, Pavilion Theatre, Bournemouth, 1953
Alice in Wonderland, Winter Garden Theatre, London, 1959
Alice in Wonderland, The Manhattan Project, The Extension, New York, 1970
Alice in Blunderland or The Pollution Solution, Royal Court Theatre Upstairs, London, 1973
Alice in Plunderland, Roundhouse Downstairs, London, 1976
Alice in Wonderland, Almeida Theatre, London, 1982
Alice in Wonderland, Northern Ballet, Palace Theatre, Manchester
Alice in Wonderland, Théâtre de Complicité, Albany Empire, London, 1987
Alice, Thalia Theater, Hamburg, 1992
Alice in Wonderland, English National Ballet, Mayflower Theatre, London, 1995
Alice's Adventures Under Ground, Royal National Theatre (Cottesloe), London, 1994
Alice in Wonderland and Through the Looking-Glass, Royal Shakespeare Company, Royal Shakespeare Theatre, Stratford-upon-Avon, 2001
Alice in Wonderland, Bavarian State Opera, Munich, 2007
Alice in Wonderland, Freedom Theatre, Jenin, 2011
Alice's Adventures in Wonderland, Royal Opera House, London, 2011
Peter and Alice, Noël Coward Theatre, London, 2013
wonder.land, Palace Theatre, Manchester, 2015
Alice in Weegieland, Tron Theatre, Glasgow, 2017
Run, Alice, Run, Taganka Theatre, Moscow, 2018

参考影片

Alice in Wonderland, Hepworth Pictures, 1903
Alice's Adventures in Wonderland, Edison Film Manufacturing Company, 1910
Alice in Wonderland, American Film Manufacturing Company, 1915
Alice in Wonderland, Metropolitan Studios, 1931
Alice in Wonderland, Paramount Pictures, 1933
Betty in Blunderland, Fleischer Studios, 1934
Thru the Mirror, Walt Disney Productions, 1936
Alice au pays des merveilles, Lou Bunin Productions, 1949
Alice in Wonderland, Walt Disney Productions, 1951
Alice in Wonderland, Music for Pleasure Limited, 1965
Alice in Wonderland, BBC, 1966
Dreamchild, Thorn EMI, 1985
Alice, Film Four International, Condor Features, Hessicher Rundfunk, 1988
Alice in Wonderland, Hallmark Entertainment, 1999
Alice in Wonderland, Walt Disney Studios, 2010
Alice Through the Looking Glass, Walt Disney Studios, 2016

作者简介

凯特·贝利（KATE BAILEY）

是V&A博物馆剧场与表演部门高级策展人和制片人，她的近期展览包括《歌剧：激情、权力与政治》（*Opera: Passion, Power and Politics*）（2017）、《格拉斯顿伯里：土地与传说》（*Glastonbury Land and Legend*）（2015）和《俄罗斯前卫剧场：战争、革命与设计》（*Russian Avant Garde Theatre: War, Revolution and Design*）（2014）。她从事新博物馆和展览的设计与内容开发工作逾20年，致力于为复杂的主题寻求创新、戏剧化的解释方案。她与英国剧场设计师协会合作打造了四场当代表演设计展，并在2019年布拉格演出设计与空间四年展中担任国际评委会主席。

安妮玛丽·比尔克劳（ANNEMARIE BILCLOUGH）

是V&A博物馆弗雷德里克·沃恩插画策展人。此前，她曾从事版画工作，最近与他人联合策划了凸版印刷作品展《第一印象》（*Making an Impression*）。2017年，还与他人联合策划了在维多利亚和艾尔伯特博物馆举办的展览《小熊维尼：探索经典》，并为维多利亚和艾尔伯特博物馆展览《国际工艺品》（*International Arts and Crafts*）（2005）和《装饰艺术》（*Art Deco*）（2003）的目录撰写了有关书籍艺术的文章。

哈丽特·里德（HARRIET REED）

是《爱丽丝：越奇越怪》展览的策展助理。她是英国戏剧研究协会和SIBMAS（国际表演艺术收藏协会）的委员会成员。作为V&A博物馆剧场与表演部门的助理，她参与策划了《审查！50年的舞台、银幕、社会》（*Censored! Stage, Screen, Society at 50*）（2018），并协助展览《你说，你渴盼一场革命：1966–1970年的记录与反抗》（*You Say You Want a Revolution? Records and Rebels 1966-1970*）（2016）的相关工作。

西蒙·斯莱登（SIMON SLADEN）

是V&A博物馆现代与当代表演高级策展人，他的近期展览包括《大笑才是要紧事：岛国的面貌》（*Laughing Matters: The State of a Nation*）（2019）、《伊万·凯恩克：在那一分钟》（*Ivan Kyncl: In the Minute*）（2019）和《审查！50年的舞台、银幕、社会》（*Censored! Stage, Screen, Society at 50*）（2018）。他发表了大量关于流行娱乐的作品，包括《变装历史、女性历史和发型历史：不断变化的变装文化》（*Drag Histories, Herstories and Hairstories: Drag in a Changing Scene*）（2020）、《苏格兰设计的故事》（*The Story of Scottish Design*）（2018）和《流行表演》（*Popular Performance*）（2017）。

致谢

我们要感谢以下人士使展览和这本书成为现实。

首先，向我们的展览设计团队深表感谢：

Tom Piper, Alan Farlie (RFK Architects), Studio ZNA, Luke Halls and Charli Davis (Luke Halls Studio), Mel Northover, Alison Brown (Northover&Brown) and Gareth Fry. We are deeply indebted to our colleagues across the V&A. From the Exhibitions Department: Daniel Slater, Rebecca Lim, Olivia Oldroyd, Gemma Allen, Mairia Evripidou, Cameron Crawley and Charlotte King. Special thanks to Linda Lloyd-Jones, former Head of Exhibitions at the V&A. From Interpretation: Lenny Cherry, Bryony Shepherd and Asha McLoughlin. Across the Collections Departments: Julius Bryant, Geoffrey Marsh, Joanna Norman, James Robinson, Anna Jackson, Victoria Broackes, Keith Lodwick, Elizabeth James, Catriona McDonald, Susanna Brown, Josephine Rout, Oriole Cullen, Emily Harris, Jane Pritchard, Simon Fleury, Douglas Dodds, Veronica Castro and Florence Tyler. Special thanks to volunteers Tanya Loi, Jessica Mullen, Ellye Van Grieken and Chloe Vollenweider. In the Conservation Department: Clair Battisson, Susan Catcher, Katy Smith, Keira Miller, Eoin Kelly, Zoe Allen, Fiona Jordan, Hazel Gardiner and Johanna Puisto. Thank you to our photographers, Richard Davis and Kieron Boyle, and the immense work of the Technical Services team led by Richard Ashbridge and Alistair White. In the Digital Content teams: Kati Price and Holly Hyams. In the communication department: Jordan Lewis, Catherine Poust, Mel Caplan and Georgina Dawson.

Tom Piper、Alan Farlie（RFK Architects）、Studio ZNA、Luke Halls 和 Charli Davis（Luke Halls Studio）、Mel Northover、Alison Brown（Northover&Brown）以及 Gareth Fry。

我们非常感谢V&A博物馆展览部的各位同事：Daniel Slater、Rebecca Lim、Olivia Oldroyd、Gemma Allen、Mairia Evripidou、Cameron Crawley以及Charlotte King。

特别感谢V&A博物馆前展览负责人Linda Lloyd-Jones，口译员Lenny Cherry、Bryony Shepherd 和 Asha McLoughlin，以及收藏部的各位同事：Julius Bryant、Geoffrey Marsh、Joanna Norman、James Robinson、Anna Jackson、Victoria Broackes、Keith Lodwick、Elizabeth James、Catriona McDonald、Susanna Brown、Josephine Rout、Oriole Cullen、Emily Harris、Jane Pritchard、Simon Fleury、Douglas Dodds、Veronica Castro及Florence Tyler。

特别感谢志愿者Tanya Loi、Jessica Mullen、Ellye Van Grieken和Chloe Vollenweider，保护部门的各位同事：Clair Battisson、Susan Catcher、Katy Smith、Keira Miller、Eoin Kelly、Zoe Allen、Fiona Jordan、Hazel Gardiner及Johanna Puisto。

同时，感谢我们的摄影师Richard Davis和Kieron Boyle，以及Richard Ashbridge和Alistair White领导的技术服务团队的辛勤工作。

感谢数字内容团队成员Kati Price和Holly Hyams，通信部门的Jordan Lewis、Catherine Poust、Mel Caplan和Georgina Dawson。

此外，衷心感谢V&A出版社以及共同致力，促成这本书成功出版的人士：Tom Windross、Coralie Hepburn、Rebecca Fortey、Kirstin Beattie、Lucy Macmillan和Emma Woodiwiss，以及设计师Sandra Zellmer、插画家Kristjana S. Williams及其高级设计师Souhyung Kim。

在举办展览的过程中，我们倚仗无数外部顾问的学识、见解和支持。

特别鸣谢：刘易斯·卡罗尔协会、牛津大学基督教堂学院图书馆的Steven Archer和Cristina Neagu、Colleen Atwood，欧洲核子研究中心的Monica Bello、John Bidwell、Sylvie Merian以及摩根图书馆工作人员、Peter Blake、Heston Blumenthal、Jessica Bram、Mark Burstein、Greer Crawley博士、Rachel Collet、Matthew Demakos、Philip Errington博士、Karen Falk、McKay Felt、Lindsay Fulcher、Fay Fullerton、Stephen Fry、Selwyn Goodacre博士、Judith Guston、罗森巴赫图书馆的Jobi Fink和Elizabeth Fuller、Stephen Jones、Lisa Koning、国家剧院的Maud Jezequel Carol Lingwood 、Little Simz、Katrina Lindsay、Caroline Luke、迪士尼动画研究图书馆的Kristen McCormick、Rachel Maclean Studio、Philippa Milnes-Smith、Leslie Morris、Anne-Marie Eze和霍顿图书馆工作人员、Mariele Neudecker、Naomi Paxton、Mark Richards、Chris Riddell、Lorna Robinson、Alysoun Saunders、Justin G. Schiller、Brian Sibley和David Weeks、Ralph Steadman、大英博物馆的Bethan Stevens、Vanessa Tait、Alex Tutuianu、Kiera Vaclavik博士、Edward Wakeling以及大英图书馆的Laura Walker。

如果没有以下人员慷慨解囊，借给我们展品，本次展览就无法举办。感谢Noorjan Allie、Asahi Productions；Athanor有限公司和Film4/Screenocean；Colleen Atwood；英国广播公司；英国电影协会国家档案馆；Heston Blumenthal；英国卡通档案馆；大英图书馆、大英博物馆；Thom Browne；Tim Burton；牛津大学基督教堂图书馆；Bob Crowley；迪士尼档案馆、迪士尼动画研究图书馆；McKay Felt；Jake Fior；Getty Images；GroundUp；所罗门·R. 古根海姆博物馆；市政厅画廊；Richard Hollis；哈佛大学霍顿图书馆；Stephen Jones；The Klock Worx；Little Simz；瑞士卢塞恩剧院；Rachel Maclean Studio；麦克米兰档案馆；米高梅电影公司；纽约现代艺术博物馆；国家美术馆，伦敦；英国国家肖像馆，伦敦；英国国民信托；牛津大学自然史博物馆；派拉蒙影业公司；Jeffrey and Shelley Parker，Eduardo Pla；Mark Richards；Chris Riddell；Brian Sibley and David Weeks；Rae Smith；Ralph Steadman；Roda Films；罗森巴赫博物馆和图书馆；伦敦皇家国家剧院；皇家歌剧院；皇家穹顶宫和博物馆，布莱顿及霍夫；皇家莎士比亚剧团；伦敦科学博物馆；Studio 100；萨里郡历史研究中心；Jan Svankmajer；莫斯科塔甘卡剧院；泰特美术馆；Ukranima Film；环球音乐；美国国家档案馆，Luke Trinder；Viktor&Rolf；Iris van Herpen Studio；Tim Walker以及Vivienne Westwood。

最后，我们要感谢博物馆的执行委员会，特别感谢我们的馆长杭立川（Tristram Hunt）博士，商业、数字和展览总监Alex Stitt，观众总监Sophie Brendel以及学习和国家项目总监Helen Charman博士给予的支持。

图片来源说明

（依照插图顺序）

1 © Tom Piper
2 © The British Library Board
3 © Victoria & Albert Museum, London
4 Courtesy of the artist.
5 © Victoria & Albert Museum, London. © Costume design by Katrina Lindsay, 2015
6 With kind permission of the Governing Body of Christ Church, Oxford
7 Alfred C. Berol Collection of Lewis Carroll. MSS 057. Series II, Subseries 2A, Box 6, Folder 506.1. Special Collections, New York University
8 Private collection. Photo © Victoria & Albert Museum, London
9 The Royal Photographic Society Collection at the V&A, acquired with the generous assistance of the National Lottery Heritage Fund and Art Fund.
10 © National Portrait Gallery, London and the National Media Museum (part of the Science Museum Group, London).
11 © The British Library Board.
12 © Victoria & Albert Museum, London
13 With kind permission of the Governing Body of Christ Church, Oxford
14 Houghton Library, Harvard University. Harcourt Amory collection of Lewis Carroll. MS Eng 718-718.16, MS Eng 718.6 (12).
15 © The Trustees of the British Museum
16–18 © Victoria & Albert Museum, London
19 © The National Gallery, London
20–1 With kind permission of the Governing Body of Christ Church, Oxford
22 Houghton Library, Harvard University. Harcourt Amory, Collection of Lewis Carroll
23–9 © Victoria & Albert Museum, London
30 The Rosenbach, Philadelphia
31 © The British Library Board
32 © Victoria & Albert Museum, London.
33 With kind permission of the Governing Body of Christ Church, Oxford
34–5 © Victoria & Albert Museum, London
36 From Alice's Adventures in Wonderland first published in 2020 by Macmillan Children's Books, an imprint of Pan Macmillan. Reproduced by permission of Macmillan Publishers International Limited. Illustration copyright © Chris Riddell 2020.
37–40 © Victoria & Albert Museum, London
41 LMPC/Contributor. Getty Images.
42 SilverScreen/Alamy Stock Photo. © 1933 Paramount Pictures
43 Courtesy of the BFI National Archive
44–45 BFI National Archive
46 Courtesy of the BFI National Archive
47 © Lou Bunin Productions. Courtesy of the BFI National Archive
48 © 1933 Paramount Pictures. Courtesy of the BFI National Archive.
49 Courtesy of Athanor Ltd. Executive Producer: Keith Griffiths. Film4/ Screenocean
50–1 © Disney
52 The Brian Sibley & David Weeks Collection/© Disney
53–5 © Victoria & Albert Museum, London
56 Courtesy of the English National Ballet. Photo by John Krill. Photo © Victoria and Albert Museum, London
57 Design by Bob Crowley. Image Bob Crowley
58 Johan Persson/Royal Opera House/ ArenaPAL. Design by Bob Crowley
59 Design by Bob Crowley. Image Bob Crowley.
60 © Costume design by Katrina Lindsay, 2015. Design: Rae Smith. Photo Brinkhoff/Moegenburg.
61 firstVIEW
62 © Costume design by Katrina Lindsay, 2015. Photo © Victoria & Albert Museum, London
63 Design: Rae Smith. RNT/CO/1/707m, National Theatre Archive
64 Chronicle/Alamy Stock Photo
65 © Guardian News & Media Ltd 2019
66 Image courtesy of the Royal Court Theatre
67 © Victoria & Albert Museum, London
68 Ingo Hoehn/dphoto.ch
69 Russian Look Ltd/Alamy Stock Photo
70 Photo by www. JohnJohnstonPhotography.co.uk
71 Jamhot/Barry Thomson
72 Copyright Estate of the Artist, c/o Lefevre Fine Art Ltd, London. Photo © Victoria & Albert Museum, London
73 © ADAGP, Paris and DACS, London, 2019. © Victoria & Albert Museum, London
74 © ADAGP, Paris and DACS, London 2019. Photo © Tate
75 Robert and Lisa Sainsbury Collection. Photographer: James Austin. Sainsbury Centre for Visual Arts, University of East Anglia, United Kingdom. © Estate Leonora Carrington/ARS, NY and DACS, London, 2019
76 © 2019. Digital Image, The Museum of Modern Art, New York/Scala, Florence. © Photo SCALA, Florence. © ADAGP, Paris and DACS, London 2019. Work dimensions: 40 x 32.3 cm
77 © 2019. Digital Image, The Museum of Modern Art, New York/Scala, Florence. © Photo SCALA, Florence. © ADAGP, Paris and DACS, London 2019. Work dimensions: 97.8 cm (height), 47.6 cm x 52.1 cm (at base)
78–9 © Salvador Dali, Fundació Gala-Salvador Dali, DACS 2019. With kind permission of the Governing Body of Christ Church, Oxford. Carroll Collection
80 BBC Photo Library
81 © Ralph Steadman Art Collection, 2019. All Rights Reserved. Photo © Tate
82 © Ralph Steadman Art Collection, 2019. All Rights Reserved
83–4 © Peter Blake. All rights reserved, DACS 2019. © Victoria & Albert Museum, London
85 'Cheshire cat', psychedelic poster by Joseph McHugh, published by East Totem West. USA, 1967. © Victoria & Albert Museum, London
86 Alice in Wonderland in Central Park © 1968 – 2020 Photo by Robert Sabin. (rsabin@wwdigitalgraphices.com)/ YAYOI KUSAMA.
87 2 full page images including up to 100 words from LEWIS CARROLL'S ALICE'S ADVENTURES IN WONDERLAND: WITH ARTWORK BY YAYOI KUSAMA illustrated by Yayoi Kusama (Penguin Classics, 2012.) Illustrations copyright © Yayoi Kusama, 2012. Reprinted by permission of Penguin Books Ltd.
88 Gustav Metzger. Liquid Crystal Environment, 1965, remade 2005. Photo © Tate
89 Keystone-France / Contributor. Getty Images
90 © Stewart Brand
91 Screen shot. Publisher: Windham Classics. Design: Dale Disharoon Inc, Laurence Yep. Artists: William Groetzinger, Dick Kennedy
92 © 59 Productions. Collage – Toby Coffey
93 Image courtesy CERN. Photograph Maximilien Brice; Julien Ordan. The use of this image is informational/ educational.
94 Estrop/Contributor. Getty Images
95 Stephane Cardinale – Corbis/ Contributor. Getty Images
96 Photo: Team Peter Stigter
97 Photo: Guy Marineau
98 © Tim Walker Studio. Pirelli Calendar 2018 by Tim Walker "Alice in Wonderland". Courtesy of Pirelli & C . Spa
99 Ashraf Hendricks/GroundUp
100–1 © Victoria & Albert Museum, London
102 © Anna Gaskell. Courtesy of Galerie Gisela Capitain, Cologne. Solomon R. Guggenheim Museum, New York Gift, Dakis Joannou, 1998
103 McKay Felt. Artwork commissioned by Simbiatu Ajikawo
104 © 2010 Disney
105–7 © Victoria and Albert Museum, London
108 The Royal Pavilion & Museums, Brighton & Hove
109 Associated Press/Shutterstock
110–11 © Disney
112 Photograph courtesy of Sotheby's. Tel Aviv Museum of Art
113 © Lou Bunin Productions. Courtesy of BFI National Archive
114 Dreamchild © 1985 Metro-Goldwyn-Mayer Studios Inc. All Rights Reserved. Courtesy of MGM Media Licensing. Courtesy of BFI National Archive
115 Johan Persson/ArenaPAL

索引

斜体数字表示插图所在页码